LA RÉFORME DE HUNT

JULES BARNARD

Chapitre Un

Hunt Cade respira les effluves d'alcool et de parfum et poussa un soupir de contentement. Il était dans son élément au club du Blue Casino. Il fit signe au barman, qui acquiesça du menton. Dans moins d'une minute, il lui servirait son cocktail préféré.

Le frère de Hunt, Adam, parlait à un collègue au fond de la salle. Adam, le traître, travaillait au Blue Casino, tandis que Hunt et ses trois autres frères dirigeaient le Club Tahoe depuis la mort de leur père.

Trois, quatre ans ? Cela faisait-il si longtemps qu'Ethan Cade était mort ? Le jour où il avait appris la nouvelle, posté à l'extérieur de la chambre d'hôpital de son père, lui semblait être hier. Et il avait eu une mort lente. Son cancer avait été diagnostiqué des mois plus tôt, et il avait souffert en silence. Le temps que Hunt et ses frères découvrent la vérité, il était décédé.

Adam finit par lever les yeux et croisa le regard de Hunt. Il murmura quelque chose à son interlocuteur et se dirigea vers lui, très chic dans son sempiternel costume de créateur.

– Je vais chercher une bière, dit Chris, le copain avec qui il faisait équipe pour draguer ce soir.

Chris s'éloigna vers le bar d'une démarche arrogante, en souriant à une blonde qui passait.

Adam rejoignit Hunt et lui tapa sur l'épaule.

– Tu n'étais pas déjà là hier soir ?

Hunt scruta la salle.

– Et alors ?

– Tu as besoin d'une vie.

Hunt toussa dans sa paume.

– *J'ai* besoin d'une vie ? Tu es marié et tu sembles avoir oublié qu'il existe tout un monde à l'extérieur de chez toi.

Adam fit un sourire salace.

– Parce que c'est plus marrant à l'intérieur.

Pas faux. La femme d'Adam, Hayden, était magnifique. Il ne doutait pas que son frère trouvait des moyens agréables de passer le temps. Mais bon, où était la variété ? Où était l'excitation de la chasse ?

Adam le regarda.

– Tu devrais essayer un format plus long que le coup d'un soir.

– Je vais m'en tenir à mes pratiques habituelles, merci beaucoup.

Hunt, qui avait déjà repéré les lieux, scruta la salle attentivement pour prouver à son frère que ses paroles ne l'affectaient pas.

Malheureusement, il ne vit que des visages familiers, ce qui donnait raison à Adam.

Des cinq fils Cade, Hunt était celui qui avait le plus roulé sa bosse. Était-ce une tare ?

Adam fourra la main dans sa poche de pantalon, l'air contrarié.

– Essaie de ne pas contracter une maladie vénérienne.

Hunt lui lança un regard noir.

– Les *capotes*, ça existe. Je suis aussi clean que l'oiseau qui vient de naître.

Il rajusta le col de sa chemise, rentrée dans son jean. Jamais on ne le surprendrait dans un de ces costumes de pingouin qu'Adam portait au boulot.

– Tu es sûr de ça ?

– Oui, j'en suis sûr. Je vais chez le toubib, abruti.

Pfff. Ses frangins étaient vraiment lourdingues.

Adam jeta un œil à sa Rolex.

– Simple vérification.

Mais Hunt sentait bien que ses « activités » des dernières années inquiétaient son frère. Il ne s'y faisait pas. Cela ne faisait que peu de temps,depuis que tous ses frères étaient casés, que Hunt recevait plus d'attention de la part de sa famille.

– Je m'en vais, dit Adam. Hayden et moi on a des projets pour la soirée.

Hunt plissa les yeux.

– De vrais projets ? Ou tu dis ça juste pour t'en aller et aller rejoindre ta femme au lit ?

Adam secoua lentement la tête, comme si Hunt était ridicule.

Quel hypocrite ! Sous son air de gendre idéal, Adam cachait bien son jeu. Il avait eu son lot de filles faciles. Cette époque de sa vie était révolue, mais Adam ne cachait pas qu'il profitait abondamment des meilleurs avantages du mariage. Pour Hunt, c'était *l'unique* avantage.

– Je n'essaie pas de coucher avec ma femme toutes les dix secondes, dit Adam. Levi et Emily viennent dîner, puis on regardera *Le Bachelor*.

Hunt ferma les yeux et soupira exagérément.

– Dîner avec notre grand frère et sa copine, et regarder une émission de télé-réalité n'est pas un « vrai projet ».

Autant mettre une couche pour adulte et un bracelet d'alarme. Tu as un pied dans la tombe, mon vieux.

Adam salua de la main le collègue à qui il parlait plus tôt.

– Ne crache pas sur la vie de couple avant d'avoir essayé.

– Très peu pour moi, dit Hunt distraitement, impatient de commencer la soirée.

La vie amoureuse de ses frères le déprimait.

– Je te vois à la prochaine soirée bière ? Ou peut-être ici demain ? dit Adam en levant un sourcil.

Probablement, pensa Hunt.

– Je suis toujours partant pour une soirée bière. Et viens avec Hayden cette fois. Ta femme travaille trop.

– Ne m'en parle pas.

Adam serra la main de Hunt, puis il sortit du club.

Quelques minutes plus tard, Hunt était assis dans un fauteuil gris à l'intérieur du salon-bar, rempli à craquer de magnifiques touristes et de l'élite mondaine du lac Tahoe. Chris avait trouvé un emplacement idéal pour voir le bar et la piste de danse. Hunt sirota son gin-tonic, se relaxant pour la première fois de la journée.

– Au bar. À quatre heures, dit Chris en avalant une gorgée de bière.

Hunt jeta un coup d'œil dans la direction indiquée par son ami, bien que l'amitié soit un mot un peu fort pour décrire l'équipe qu'il formait avec Chris.

Chris travaillait au Club Tahoe comme portier, et il était toujours partant pour sortir — même si Hunt soupçonnait que ses entrées dans toute la ville pesaient lourd dans la balance. Mais leur duo de dragueurs était mutuellement profitable. Il était plus facile d'approcher les femmes à deux. Et en vieillissant, la plupart des amis de Hunt l'avaient laissé tomber pour vivre en couple.

Quels cinglés !

Hunt avait déjà remarqué les deux filles assises au bar.

— Laquelle ?

L'une d'elles portait une robe courte métallisée et des talons hauts de quinze centimètres. Elle avait de longs cheveux bruns, un maquillage outrancier, et ressemblait à un mannequin d'Instagram. L'autre, cependant, ne paraissait pas à sa place dans cet environnement. Elle portait un jean moulant et un haut sexy, pas de problème. Ce qui le perturbait, c'était ses chaussures. Elle avait ces chaussons en plastique des infirmières. Glogs ? Crogs ? Quel choix étrange pour sortir dans un club huppé.

— La sexy, dit Chris.

Hunt observa les deux femmes. Des styles différents, certes, mais elles étaient toutes les deux jolies. La fille aux chaussons avait simplement un look plus naturel. Mais il est vrai que Hunt voyait de la beauté en toute femme.

— Je suis partant.

Hunt prit son verre et ils foncèrent sur leurs proies.

Miss Chausson les aperçut en premier. Elle baissa la tête et chuchota quelque chose à sa copine.

— Vous passez une bonne soirée, mesdames ? demanda Chris à la brune.

Pas très original, pensa Hunt, mais dans un endroit comme celui-ci, les gens ne recherchaient pas la poésie. Ils cherchaient un plan cul.

— Absolument.

La brune donna un coup de coude à son amie qui lui murmura ce qui ressemblait à une approbation étouffée.

Maintenant que Hunt était tout près, il remarqua les reflets dorés des longs cheveux ondulés châtain clair de la fille aux chaussons. Une belle chevelure qui tombait en vagues et paraissait douce au toucher. Il n'avait pas encore bien observé ses yeux, mais sa bouche pleine et pulpeuse était un véritable appel au baiser.

Elle essuyait d'un doigt la condensation sur son verre de bière, évitant son regard.

C'était peut-être de la timidité, mais Hunt draguait depuis assez longtemps pour décoder le langage corporel d'une fille qui n'était pas là pour faire des rencontres. Ce qui le déstabilisait toujours. Pourquoi aller en club si vous ne vouliez pas rencontrer des gens ?

Il était rare que Hunt tombe sur une fille qui n'avait pas envie de parler (ou plus), mais quand ça arrivait, il prenait le large. Il était ici pour la séduction mutuelle.

C'était du Chris tout craché de cibler deux filles dont l'une n'était pas intéressée.

Hunt ne voulait surtout pas la mettre mal à l'aise. Mais il devait essayer de lui parler, bon sang. Ça faisait partie de son rôle de coéquipier.

Chris se mit à papoter avec le mannequin Instagram, et Hunt se tourna vers la bonne copine.

– Je m'appelle Hunt. Et toi ?

Elle posa sa bière et lui tendit la main.

– Abby.

Main douce et jolie voix.

– Tu viens ici souvent ?

Non. Il le savait, car il était là presque tous les soirs.

– Oh non.

– Tu n'es pas du coin ? demanda-t-il.

Sa présence dans ce lieu était un mystère.

– Je vis ici, dit-elle. Mais je ne sors pas beaucoup.

– C'est dommage, susurra-t-il d'une voix flirteuse.

Elle finit par lever les yeux, suffisamment longtemps pour qu'il voie leur couleur. Marron clair ou blond, si toutefois ça existait. Une nuance de marron si pâle qu'il n'avait jamais vu d'yeux semblables auparavant.

Elle plissa le front et pouffa.

– Pas vraiment. Ce genre d'endroit, ce n'est pas mon truc, dit-elle gentiment.

– Tu n'aimes pas les sorties entre amis ?

Elle lui lança un regard signifiant qu'elle n'était pas dupe de son petit jeu.

– Si, mais pas dans des endroits comme ici.

– Tu préférerais être où ?

– Honnêtement ? Probablement chez moi à regarder *Le Bachelor*.

Hunt laissa échapper un rire franc. Aurait-il pu se trouver une fille moins compatible ?

– Mon frère vient de partir pour le regarder avec sa femme.

Elle sourit. Un vrai sourire qui transforma ses jolis traits en pure beauté, et qui planta un aiguillon dans la poitrine de Hunt. Sans parler de la chaleur que dégagea soudain son corps.

Bon, ils n'étaient pas si incompatibles finalement.

– Tu le regardes aussi ? demanda-t-elle.

– Jamais. N'importe quoi plutôt que de regarder une télé-réalité à l'eau de rose.

Elle le fixa, semblant oublier son désir de réserve.

– Tu devrais essayer. Il ne s'agit pas que de sentiments. En fait, le côté romantique est secondaire par rapport à l'expérience sociale qui consiste à inverser les rôles en faisant des femmes celles qui draguent. C'est très divertissant.

– Quand tu le décris de cette façon, ça ressemble à quelque chose qui pourrait me plaire.

Il lui fit son sourire de vainqueur.

Elle recula.

Depuis quand son sourire ne trempait-il plus les petites culottes de la côte Ouest à la côte Est ?

Depuis jamais.

Il avait de la salade entre les dents ? Nan, même la salade n'empêchait pas les femmes de baisser la garde une fois qu'il dégainait le fameux sourire Cade, et il n'avait pas honte d'utiliser cet atout.

Elle ferma les yeux.

— Je préfère t'arrêter tout de suite. Je ne sais pas ce que tu as en tête, mais ça ne m'intéresse pas.

Hunt appuya la paume au-dessus de son cœur.

— Aïe. Même pas un petit peu ?

Elle rit doucement.

— Nan.

— Oh, ça fait mal, dit-il, mais il souriait.

Elle n'était pas vraiment son type non plus, mais elle était franche et il aimait ça. La plupart des filles qu'il séduisait étaient comme la copine d'Abby. Belle et en quête d'un plan cul pour la soirée. La sincérité n'entrait jamais en ligne de compte.

— Et si j'étais l'homme le plus génial du monde ?

Une réplique un peu nulle, mais merde, c'était un battant. Et Abby l'avait provoqué en le jetant d'emblée.

Elle le regarda d'un air pensif.

— Eh bien, c'est possible. Mais voilà le problème : j'ai un passif.

Hunt leva les yeux au ciel.

— Tout le monde a des casseroles.

— J'en ai assez pour remplir un trente-huit tonnes.

Il se pencha plus près.

— Là, ça fait vraiment beaucoup. Ça t'ennuierait de me donner des détails sur cette cargaison ? On ne sait jamais, si ça se trouve, pas de quoi m'effrayer.

D'où ça sortait ? De toute évidence, son rejet l'avait fait sortir de sa zone de confort. Il ne s'éloignait pas des femmes qui avaient besoin de plus que ce qu'il pouvait donner. Il les fuyait en courant.

– Pas très envie.

– Très bien. Donc tu ne veux pas qu'on discute ensemble à cause de tes casseroles, mais tu vas regarder *Le Bachelor* et, en fait, préférer ça à une rencontre. J'ai bien compris ?

Elle tapota son index sur ses lèvres, et le regard de Hunt s'attarda sur leur pulpe soyeuse. Sa bouche le troublait alors qu'elle n'essayait même pas de le séduire.

– Ça résume à peu près ma vie. Mais ne te laisse pas décourager. Tu es un beau mec, dit-elle en l'examinant de plus près. Grand, avec des tonnes de muscles sous cette chemise cintrée, si je ne m'abuse. Et un corps ciselé. Et tes yeux… waouh. (Elle les sonda un moment avant de cligner.) Mais je suis sûre qu'on te l'a déjà dit.

Il fronça les sourcils.

– C'est possible. Alors si je suis un si beau spécimen de virilité, pourquoi ne pas tenter le coup ?

Hunt n'était pas sûr de vouloir tenter le coup avec cette fille, mais il y avait quelque chose chez elle… Elle était intéressante et différente des femmes qu'il fréquentait habituellement.

– À cause des casseroles, dit-elle tout bonnement.

– C'est vrai. Les casseroles. Plutôt lourd, non ?

Elle hocha la tête.

– Les plus lourdes qui soient.

Et cette fois, son attitude enjouée disparut. Elle se mordit la lèvre et détourna le regard.

Hunt se retint de sourciller, car il refusait de froncer les sourcils quand il était dans une soirée festive. Conséquence, il serra la mâchoire et plaqua dessus un faux sourire. S'il y avait une chose que Hunt ne supportait pas, c'était bien une femme triste. C'est pourquoi il passait tant de temps à essayer de les rendre heureuses. Généralement avec sa bouche et son corps.

Et puis, quelque chose lui vint à l'esprit. Il appréciait leur conversation, mais elle ?

– Est-ce que c'est le fait de discuter avec moi qui t'ennuies ? Tu préfères être seule ?

Elle leva les yeux.

– Honnêtement, je ne suis pas venue ici pour parler aux hommes, mais parce que mon amie voulait voir cet endroit. On travaille ensemble et je lui ai promis de l'accompagner pour qu'elle ne soit pas seule.

C'était le signal du départ. Il ne rechignait pas à relever un défi, mais cette fille n'était clairement pas intéressée. Et il n'était pas un bourrin.

Hunt siffla son verre et le laissa sur le bar. Il ne pouvait pas faire disparaître ses casseroles, mais il pouvait disparaître lui-même si ça la soulageait.

– Je ne suis pas du genre à embêter les dames, dit-il en lui serrant la main. C'était un plaisir de te rencontrer, Abby. Je te laisse avec ta bière.

Hunt partit rejoindre des amis qu'il avait repérés en entrant dans la salle. Sa démarche était féline et assurée, mais sa rencontre avec Abby le déstabilisait.

La plupart des filles qu'il rencontrait dans les clubs et les bars recherchaient le genre d'attention que Hunt ne demandait qu'à leur offrir. Mais pas Abby. Il aurait aimé mieux la connaître. Bien sûr, pas de façon sérieuse…

Et en même temps, il ne pouvait pas imaginer la connaître autrement.

Chapitre Deux

À sept ans, Hunt voulait devenir pirate. D'accord, il vivait avec son père et ses quatre frères au bord d'un lac, et non près de l'océan, mais c'était un *détail*. Il serait pirate et il sauverait les femmes en haute mer, au lac Tahoe. L'antithèse du pirate flibustier traditionnel, mais là encore, un *détail*. Hunt avait perdu sa mère à l'âge d'un an et demi et il n'avait aucun souvenir d'elle. Quel but plus noble dans la vie que de protéger d'autres mamans ? Et des jolies filles — il avait décidé le même été qu'il aimait les jolies filles.

À quatorze ans, Hunt commença à aimer encore plus les filles : les jolies, les gentilles, les myopes… et il s'échina à découvrir ce qu'elles voulaient toutes, pour pouvoir le leur donner. Il portait leurs livres entre les cours. Il glissait des lettres célébrant leur beauté dans leurs casiers, et il ne fallut pas longtemps pour qu'il perde sa virginité avec l'une de ces filles qu'il vénérait tant.

Quelques années plus tard, les velléités de pirate de Hunt furent mises à l'épreuve lorsqu'il tomba amoureux d'une belle femme pétillante.

Seulement il y avait un problème. Lisa avait quelques années de plus que Hunt, et le connard qui faisait souffrir sa bien-aimée n'était autre que Levi, l'aîné des fils Cade.

Car Lisa était la petite amie de Levi à l'époque.

Hunt savait qu'être amoureux de la copine de son frère faisait de lui l'homme le plus haïssable du monde. Il était un enfoiré de flirter avec Lisa et de combler les défaillances de son frère, comme tout bon pirate le ferait. Mais il ne pouvait pas s'en empêcher. Et il ne pouvait pas prévoir les dégâts que son amour pour Lisa allait causer au sein de sa famille.

Dix ans plus tard, Levi ne lui avait pas encore totalement pardonné. Mais ils avaient fait des progrès pour surmonter leur brouille. Levi s'était consolé depuis longtemps, notamment dans les bras d'Emily, la petite sœur de Lisa. Quelle ironie du sort !

Levi était tombé amoureux d'Emily quand elle avait rejoint l'équipe de direction du Club Tahoe. Et il avait reconnu avoir été très dur avec Hunt durant toutes ces années, parce que personne n'est parfait — surtout quand Cupidon s'en mêle.

Hunt s'était remis lui aussi du désastre de son premier amour. Il était un Cade, après tout, et les fils Cade ne manquaient pas d'attention féminine. Mais Hunt devait déployer plus d'efforts que ses frères pour obtenir l'affection des femmes, parce qu'il la désirait désespérément.

Être avec une femme, n'importe laquelle, était essentiel à son bien-être. Tant qu'il ne retombait pas amoureux. Il avait commis la pire erreur de sa vie, et cela avait failli déchirer sa famille.

Hunt avait de la chance qu'Abby l'ait éconduit hier soir au club. Il ne savait pas ce qu'il y avait chez elle, mais il devinait que si elle l'avait laissé la séduire, il n'en serait pas sorti indemne.

Ses frères étaient tout ce qui lui restait. Oh, ils se battaient comme des chiffonniers et se disputaient constamment, mais ils se soutenaient mutuellement. Toujours.

Il tendit les bras au-dessus de sa tête et s'étira, balayant du regard la plage du Club Tahoe dont il s'occupait. Il était presque dix-huit heures et les vacanciers étaient rentrés se changer pour aller dîner dans un des restaurants du Club Tahoe, et jouer au casino.

Son chouchou du Club Kids se dirigea vers lui, en shootant dans le sable, la tête baissée.

Hunt vérifia son téléphone. On aurait dû venir le chercher il y a longtemps. Et malheureusement, il n'était pas rare que Noah soit le dernier à partir.

– Qu'est-ce que tu as, petit mec ? Tout va bien ?

Noah venait d'avoir cinq ans et il participait aux activités du club depuis plusieurs mois. Bientôt, le petit garçon irait à l'école, mais Hunt espérait que ses parents continueraient de l'envoyer au Club Kids pour les activités parascolaires et estivales. Hunt s'était attaché au gamin et il n'avait pas envie de le voir partir.

– Ma mamie n'est pas là, dit Noah, les yeux brillants de larmes contenues.

La poitrine de Hunt se serra. S'il y avait pire que de voir une femme malheureuse, c'était de voir un enfant triste.

Hunt s'identifiait facilement à Noah, car il avait été cet enfant qu'on oublie quelque part plus souvent qu'à son tour. Il était le plus jeune des cinq frères, orphelins de mère, avec un père qui faisait passer le travail avant la famille. Hunt avait appris très jeune qu'il devait coller ses frères s'il ne voulait pas qu'on l'oublie.

Il s'accroupit pour se mettre au niveau de Noah.

– Tant mieux, parce que j'ai besoin que tu m'aides à nettoyer la plage et le ponton. Qu'est-ce que tu en dis ?

Noah sembla soupçonneux, puis il regarda le bateau et un grand sourire illumina sa bouille, ses cheveux blonds se dressant en épi à des angles improbables. Noah adorait les bateaux autant que Hunt, et ce dernier s'en servit pour transformer son abandon temporaire en jeu afin de lui changer les idées.

Le petit garçon hocha la tête et ils se dirigèrent vers le ponton au moment où le téléphone de Hunt vibra dans sa poche.

Il jeta un coup d'œil à l'écran. Un texto de Chris.

On sort ce soir. J'ai rencontré des bombasses et elles veulent faire la fête. Retrouve-moi à l'entrée dans quinze minutes.

Hunt rangea son téléphone dans sa poche et posa une main sur l'épaule de Noah.

– Tu sais où sont les chiffons ? Prends-en un pour m'aider à faire briller la coque.

Il n'avait pas vraiment besoin d'aide pour lustrer le bateau, car il l'avait fait plus tôt, mais c'était l'une des tâches préférées de Noah.

– N'oublie pas de garder tes deux pieds sur le ponton. Ne te penche pas en avant. Je n'ai pas envie de pêcher des Noahs ce soir, l'eau est froide.

Noah rigola et se précipita vers le seau de chamoisines destinées à cet usage précis. Il en prit une et retroussa le nez. Il la jeta, en choisit une autre et courut jusqu'au bateau.

Hunt secoua la tête. Son « assistant » devenait aussi pointilleux que lui pour bichonner le bateau ; il faudrait qu'il songe à laver les peaux de chamois.

Hunt était responsable de la plage et des activités nautiques du Club Tahoe. Des quatre frères travaillant au club, il avait de loin le job le plus cool. Levi assumait la fonction de PDG et Hunt aurait préféré se faire fracasser la mâchoire, que subir le stress que devait gérer Levi.

Bran, au milieu de la fratrie, s'occupait des restaurants. Là encore, un boulot de merde. Il gérait des serveurs idiots qui se faisaient porter pâle quelques minutes avant le service, et des clients furaffamés (furax et affamés). Puis il y avait Wes, qui dirigeait le club de golf et la boutique pro. Wes et Hunt collaboraient souvent sur des événements pour les enfants depuis la création du Club Kids. Le boulot de Wes pouvait parfois être stressant, mais c'était un golfeur professionnel. Quelque part, Hunt avait l'impression qu'avoir la responsabilité du golf ne pesait pas trop lourd sur ses épaules.

Hunt avait aussi pris en charge l'animation du Club Kids parce que c'était super amusant. Jouer avec des gamins, quand il ne faisait pas un tour en bateau sur le lac avec des touristes et des clients de l'hôtel l'aidait à passer la journée en douceur.

Noah s'agenouilla devant la coque du yacht en acajou, bateau rétro que le père de Hunt avait acheté vingt ans plus tôt en hommage à la grande époque du lac Tahoe. Le Club Tahoe possédait d'autres bateaux, mais le yacht rétro était le favori des clients.

– Comme ça, dit Hunt. Astique la coque pour la faire briller.

Hunt rangea le seau de chamoisines et nettoya des bricoles sur le ponton. Il jeta un coup d'œil sur la plage. Tous les enfants étaient rentrés chez eux, et personne n'était venu chercher Noah.

Hunt fit signe à une monitrice qui se trouvait encore près de la salle de jeux du Club Kids.

Brin posa son bloc-notes et lui répondit en agitant la main. Puis elle marcha rapidement sur le sable en direction du ponton.

– Bon travail, Noah, déclara Hunt. Lance le chiffon sur la barre et viens. On a fini pour aujourd'hui.

Hunt hissa le petit garçon sur le bateau, qui cavala à la proue. Il jeta la chamoisine qui atterrit sur la barre. Hunt avait enseigné à Noah les termes nautiques, et il était sacrément fier que le gamin ait retenu la leçon.

Hunt souleva Noah et le reposa sur le ponton.

– Voilà Brin.

L'étudiante employée à mi-temps au Club Kids monta sur le ponton et fit un sourire éclatant en apercevant le petit garçon.

Toute l'équipe était au courant des manquements de la famille de Noah et essayait de lui faciliter la vie.

– Salut Noah, dit gaiement Brin. Tu veux m'aider à nourrir les animaux avant de rentrer chez toi ? J'aurais vraiment besoin d'un coup de main.

Noah regarda Hunt.

– Vas-y, mon pote. J'ai une course à faire, mais je reviens.

Hunt regarda Noah partir avec Brin, puis il fronça les sourcils. S'il pouvait filer une petite claque sur la tête des parents de Noah et leur dire de s'occuper de leur fils, il le ferait.

Il se dirigea vers l'entrée du complexe hôtelier pour retrouver Chris, mais il pensait encore à Noah et au manque de fiabilité de ses proches.

– Tu as eu mon texto ? demanda Chris.

Hunt sourit à une famille qui entrait dans le club et s'écarta pour les laisser passer.

– Ouais.

– Tu en es ?

– Évidemment !

Chris le regarda de travers.

– Tu as mis du temps à venir et tu n'as pas répondu à mon texto.

– Tu n'es pas ma nana. Détends-toi.

Noah passait avant les conneries organisées par Chris. Donc d'une certaine façon, il y avait plus important pour le moment que de draguer ces filles.

Hunt allait sur ses trente ans et aidait ses frères à gérer un complexe touristique valant plusieurs millions de dollars, alors que Chris était un portier avec qui Hunt sortait en boîte de nuit. Hunt avait beau être un dragueur, il avait parfaitement conscience de ses priorités dans la vie.

Chris enleva d'une pichenette une peluche sur son uniforme du Club Tahoe.

– D'habitude tu me rappelles dès que je t'envoie un texto pour un plan cul.

– Où veux-tu en venir ?

Le regard de Hunt se posa sur une voiture qui s'immobilisait devant l'hôtel.

– D'abord tu me plantes en plein milieu d'un rencard hier soir, et aujourd'hui tu traînes des pieds pour sortir. Qu'est-ce qui t'a pris, d'ailleurs ? Mon plan cul était dans la poche jusqu'à ce que tu te barres et laisses sa copine en rade.

Hunt avait joué son rôle d'acolyte hier soir, mais il y avait des limites à ce qu'il était prêt à faire pour un pote. Mettre une femme mal à l'aise dépassait les limites.

– Je ne fais pas de forcing, dit Hunt, son attention toujours dirigée vers la vieille bagnole et la femme qui en sortait.

Elle lui tournait le dos, mais il la vit replacer une mèche de cheveux châtain clair derrière son oreille et parler au voiturier. Elle agitait les mains, montrant la voiture et l'entrée du club.

– Alors c'était ça le problème ? dit Chris. Pour une fois, une femme t'a rembarré, et tu…

À ce moment-là, Hunt se désintéressa des propos de Chris. Car il aperçut brièvement le visage de la femme. Elle était toute rouge, mais il n'y avait pas l'ombre d'un doute.

Hunt appela le voiturier, qui s'approcha de lui au petit trot.

– Que se passe-t-il ?

– La voiture de cette femme est tombée en panne à l'entrée. Je lui ai dit qu'elle ne peut pas se garer là.

Le sang de Hunt ne fit qu'un tour.

– Si sa voiture est en panne, elle ne peut pas la déplacer. Retourne lui dire que tu t'en occupes.

– Ah bon ? Je-je… bredouilla le voiturier. Comment ?

– Appelle le responsable de l'entretien. Vois s'il peut la faire démarrer. S'il ne peut pas, dis-lui de la faire remorquer au garage Jeffery. Le club paiera pour le remorquage. Ce n'est pas un hôtel de merde. On prend soin de nos clients.

Le voiturier repartit voir la jeune femme et sembla s'excuser.

Les bras enroulés autour de la taille, elle hocha la tête. Puis elle regarda dans sa direction et, pour une raison idiote, il ne se détourna pas.

Abby croisa le regard de Hunt, et sa bouche s'ouvrit de surprise.

Elle portait une blouse stérile, ce qui expliquait les chaussons d'hier soir.

Chris claqua des doigts devant ses yeux.

– Hunt ? Tu es toujours là ?

Hunt lui jeta un regard noir.

– Refais ça et tu perds un doigt.

Chris leva les mains.

– Relax, mec.

Il suivit le regard de Hunt.

– C'est qui ? Sa tête me dit quelque chose.

– Personne, dit Hunt, mais du coin de l'œil, il regarda Abby s'engouffrer dans le club par la porte que le voiturier lui ouvrit.

Chris hocha la tête en regardant Abby, puis sa voiture.

– Ah, j'ai pigé. Tu es l'un de ces enfoirés chevaleresques. C'est comme ça que tu séduis les gonzesses.

Hunt se tourna vers son pseudo-ami, qui devenait chaque jour un peu moins son ami.

– Si les femmes m'aiment, c'est parce que je leur donne ce qu'elles veulent. Et je suis gentil avec elles. Tu devrais essayer un jour.

Chris ricana.

– Si tu veux. On se retrouve à dix heures au Sky Lounge.

Hunter entra dans le hall de l'hôtel, mais Abby n'était nulle part.

Quand il retourna au Club Kids, Noah était parti lui aussi.

Pendant un quart de seconde, Hunt se demanda si Abby était venue chercher son gamin préféré, mais elle n'avait pas mentionné avoir un fils. Seulement des casseroles. Et Hunt ne considérait pas les enfants comme des casseroles. Si Noah était le gosse d'Abby… Eh bien, il valait mieux qu'il ne la revoie pas, parce que sa morale, même légère, ne supporterait pas qu'il passe du temps avec une femme qui délaissait son enfant.

D'après ce que Hunt savait, c'étaient ses grands-parents qui récupéraient Noah. Abby devait être là pour une autre raison. Et comme il ne la trouva nulle part, il ne connaîtrait sans doute jamais la raison de sa présence ici.

Chapitre Trois

Abby démarrait une nouvelle journée de douze heures, épuisée d'avoir assuré son propre service, plus une partie des gardes d'une autre infirmière auxiliaire en arrêt maladie.

Elle suivait des cours pour devenir infirmière diplômée lorsque sa vie avait pris un virage serré. Et maintenant, elle se retrouvait avec des journées si longues et des responsabilités si nombreuses que son rêve de passer un diplôme d'infirmière s'était envolé depuis longtemps. Elle se demandait, quand tout allait mal comme aujourd'hui, si elle arriverait un jour à sortir la tête de l'eau.

— Abby, lui dit Vivian, la grand-mère paternelle de Noah, au téléphone. On ne pourra pas aller chercher ton fils aujourd'hui.

Abby faillit s'étouffer avec le soda à la caféine qu'elle buvait pendant sa courte pause.

— Mais je suis de garde.

— Es-tu en train de dire que tu ne peux pas être une mère ? C'est *ton* rôle. Mais je l'ai déjà dit et je le répète : le père de Trevor et moi serions plus qu'heureux de nous charger de l'éducation de Noah si ta carrière est trop prenante.

En d'autres termes, si Abby voulait renoncer à la garde de son fils.

Pas question. Jamais.

Depuis la mort brutale de Trevor quand Noah était bébé, rien d'autre ne comptait que de s'occuper de son petit garçon.

— J'ai la situation en main.

Mais elle ne l'avait pas. Pas vraiment.

Abby raccrocha et serra les dents. Vivian était adorable du vivant de Trevor, son petit ami. Mais elle avait changé du tout au tout depuis le décès de son fils. Le deuil transforme parfois les gens, et c'est ce qui était arrivé à Vivian.

Tout, y compris le compte bancaire de Trevor, avait été gelé le jour de sa mort. L'acte de propriété de sa maison était au nom de ses parents. De ce fait, même si Abby vivait avec Trevor, elle avait été obligée de déménager, incapable de payer à ses parents le loyer qu'ils lui demandaient. C'est à cette période qu'Abby avait compris jusqu'où Vivian était prête à aller pour obtenir la garde de Noah, tout ce qui lui restait de son fils.

Abby avait dû quitter l'école d'infirmière, prendre un emploi à plein-temps, et s'installer dans le petit chalet où elle vivait aujourd'hui avec Noah. Elle arrivait à peine à joindre les deux bouts, d'où les doubles gardes qu'elle acceptait régulièrement.

Abby expédia les appels des patients qui avaient contacté un médecin, et quitta son travail plus tôt. Encore une fois. Mais elle n'avait pas d'autre solution. Il n'y avait pas de place pour l'erreur dans son rôle de maman. Vivian n'attendait que ça, et elle profiterait du moindre faux pas pour demander la garde de Noah.

Elle monta dans sa vieille bagnole pourrie et roula

jusqu'à la garderie de Noah. Bon sang, elle détestait être en retard pour son fils. Elle n'avait jamais assez de temps pour travailler, s'occuper des tâches ménagères et jouer avec Noah. Sa plus grande crainte était qu'il ne sache pas à quel point elle l'aimait, ne sache pas qu'il était tout pour elle.

Abby arriva devant l'entrée du Club Tahoe, s'arrêta pour laisser passer une voiture, puis repassa la première. Mais comme c'était une journée de merde, il n'y avait aucune raison que cela s'arrange, et sa voiture choisit ce moment précis pour rendre l'âme devant le luxueux complexe hôtelier.

Merde.

Abby descendit et essaya d'expliquer au voiturier les caprices de sa vieille épave. Que dans cinq à dix minutes, elle redémarrerait. Le voiturier ne voulut rien entendre.

Jusqu'à ce qu'il aperçoive quelque chose – ou *quelqu'un* – derrière elle.

– Un moment, s'il vous plaît, dit-il avant de détaler.

Abby regarda sa montre. Elle enroula les bras autour de sa taille, contrariée par sa guimbarde capricieuse et inquiète pour Noah.

Quand le voiturier revint quelques minutes plus tard, son visage s'était adouci.

– Je vais m'occuper de votre voiture, madame. Entrez, je vous en prie.

– Vous feriez ça ? Je veux dire… vous êtes sûr ?

– Oui, madame, affirma-t-il en lui faisant signe d'entrer dans l'hôtel.

Abby prit cette faveur pour ce qu'elle était, une bénédiction du ciel, et s'engouffra dans le hall du Club Tahoe. Mais pas avant de regarder dans la direction où le voiturier avait filé.

C'est là qu'elle vit Hunt, le beau mec de la nuit dernière.

Simple coïncidence ?

Hunt avait été le « coéquipier » de son ami pour que l'autre type puisse brancher sa magnifique collègue. Mais ce qui avait commencé comme une conversation contrainte entre eux s'était transformé en une discussion fluide et de moins en moins forcée. Elle s'était presque prise au jeu, jusqu'à ce qu'elle réalise que passer du temps avec des hommes comme Hunt était impossible. Pas tant que son fils était jeune et avait besoin d'elle.

Elle avait vu son air déçu lorsqu'elle lui avait expliqué qu'elle n'était pas intéressée, et même si elle regrettait de l'avoir éconduit, c'était la meilleure chose à faire. Elle en était sûre.

Presque sûre.

Cela faisait longtemps qu'un homme ne s'était pas intéressé à Abby. Elle était étonnée d'avoir eu la force de ne pas succomber à sa belle gueule et à son sourire sexy. Vraiment, c'était un exploit inouï quand elle y repensait. Bien que célibataire depuis la mort de Trevor, il ne manquait personne dans sa vie. Son fils et son travail remplissaient simplement tout son temps libre.

Elle détourna le regard, le visage rouge de honte. Dire qu'il fallait que sa bagnole rende l'âme devant *cet* homme.

C'était une étrange coïncidence de tomber sur Hunt le lendemain de leur rencontre, mais elle n'avait pas le temps d'y réfléchir. S'il était responsable du fait que l'hôtel fasse réparer sa voiture, elle lui serait redevable. Et s'inquiéterait de cela plus tard.

Chapitre Quatre

Hunt se réveilla avec une gueule de bois de tous les diables. Hier soir, il s'était donné pour objectif de s'embrumer le cerveau à coups d'alcool, et il pouvait se féliciter de son succès.

La migraine lui transperçait le crâne, et il grimaça en se retournant dans le lit, pour jeter un regard au corps chaud collé contre lui.

Il avait quitté la boîte où Chris l'avait traîné avec une fille prénommée Jade, qui dormait maintenant à côté de lui. Ils étaient allés chez elle, où il avait pris soin de lui offrir un orgasme avant de s'effondrer. Il n'avait même pas eu besoin de capote. Il n'était pas d'humeur pour une partie de jambes en l'air. Il se rappelait avoir ramené Jade à la maison (enfin chez elle, car il n'amenait jamais personne chez lui) pour foutre le camp de la boîte sans avoir à expliquer à Chris pourquoi il partait tôt. Parce qu'il n'était pas normal que Hunt parte tôt d'une soirée drague et rentre seul chez lui.

Un truc n'allait pas, mais il ne comprenait pas quoi.

Il secoua la tête et le regretta instantanément. Il se

pinça le front jusqu'à ce que la douleur s'estompe, puis il se pencha sur le côté du lit pour ramasser ses vêtements. Il était cinq heures du matin et il faisait encore nuit. Sans un bruit, il se glissa hors du lit et sortit de la chambre.

Jade vivait dans un appartement près de Stateline. Pas de colocataire, heureusement. Hunt s'habilla dans le salon et lui laissa un mot sur le comptoir de la cuisine à côté d'une boîte de Pop-Tarts aux fraises.

JADE,
Merci pour hier soir.

PAS DE SIGNATURE. Et il ne laissait jamais son numéro. Il ne voulait pas recevoir d'appels de nanas qu'il n'avait pas l'intention de revoir.

Elle oublierait peut-être son nom. Il n'avait pas l'impression que cela dérangeait ses partenaires de n'être qu'un coup d'un soir. Il leur offrait du bon temps, les traitait avec respect, mais ne leur laissait jamais croire qu'il y aurait plus entre eux.

Il lui arrivait de recroiser par hasard ces filles d'un soir, et elles étaient toujours heureuses de le revoir. Et impatientes de remettre le couvert. Ce qu'il prenait soin d'éviter. Passer plus d'une nuit avec quelqu'un faisait naître des attentes, et il n'avait jamais voulu donner de faux espoirs à une femme.

Jade était le genre de fille que Hunt préférait. Quelqu'un qui cherchait à s'amuser, sans lendemain. Dans quelques heures, il l'aurait oubliée.

En même temps, il n'arrivait pas à chasser Abby et sa voiture de sa tête, et ça le faisait bien chier. Il ne l'avait même pas embrassée le soir de leur rencontre au club, encore moins couché avec elle. Alors pourquoi il pensait tellement à elle ?

———

Dans la matinée, Hunt apprit que le responsable de l'entretien du Club Tahoe avait envoyé la voiture pourrie d'Abby au garage Jeffery, car il n'avait pas réussi à la démarrer.

— C'est l'alternateur, dit le type de la maintenance.

— Ça coûte un bras, murmura Hunt pour lui-même.

L'employé grogna.

Une fraction de seconde, Hunt se demanda s'il devait payer les réparations. Il pouvait se le permettre, mais en quel honneur le ferait-il ? Il se montrait courtois avec les femmes — il leur offrait à dîner et à boire —, mais là, cela allait au-delà de la courtoisie. Il ne connaissait pas Abby. Il ne connaissait littéralement pas son nom de famille.

Clairement, ce n'était pas sa responsabilité de payer les réparations de sa voiture.

Hunt chassa Abby de ses pensées et prépara le ponton pour l'excursion sur le lac prévue dans l'après-midi. Quand il revint quelques heures plus tard, il nettoya le bateau et rejoignit le Club Kids pour jouer avec les enfants qui s'y trouvaient encore en attendant que leurs parents sortent du boulot.

C'était son moment préféré de la journée, mais il ne dirait jamais à ses frères à quel point il aimait jouer avec les enfants. Ils prétendraient qu'il était lui-même encore un gamin dans l'âme. Ce qui n'était pas totalement faux. Mais il préférait taire les raisons intimes pour lesquelles il aimait passer du temps avec les enfants. C'était un aveu trop personnel. Et ses frères ne le croiraient pas de toute façon.

Ils s'étaient forgé une image de lui que rien ne pouvait changer. Hunt le savait pour avoir essayé.

Cela faisait longtemps qu'il n'avait pas organisé un tir à la corde entre les enfants et les animateurs du Club Kids. Il décida de leur proposer une partie, avec distribution de glaces pour l'équipe gagnante.

Kaylee, la femme de Wes, était revenue de son congé de maternité prolongé pour reprendre la gestion des activités du Club Kids, maintenant que leur fille Harlow était suffisamment grande pour l'accompagner. Elle était en train de parler à l'un des employés ; Hunt en profita pour se glisser dans l'espace réservé aux bébés et enlever Harlow à l'animatrice qui jouait avec elle.

Il couvrit de bisous les bourrelets de son cou (mais qui nourrissait cet enfant ?), arrachant des éclats de rire à Harlow qui se mit à lui taper la tête de ses petites mains potelées.

Sa nièce adorait frapper ses oncles. Et ils la laissaient faire, car elle était la première fille depuis deux générations de Cade. Aux yeux de Hunt, c'était une princesse, et ses frères et lui la traitaient comme telle.

— Huuunnt, dit-il en la regardant dans les yeux pour qu'elle enregistre son prénom.

Les frères Cade avaient parié sur le prénom que Harlow prononcerait en premier. Elle disait déjà « mama » et « papa », mais il restait les autres places à prendre. Hunt, Bran, Levi et Adam s'évertuaient à répéter leur nom à Harlow à la moindre occasion. Le gagnant remporterait une tournée de bières.

Sa famille avait assez d'argent pour vivre dans le luxe toute la vie, et au-delà, mais c'était des Cade. Ses frères et lui se seraient battus à mort pour l'emporter même si le gros lot s'était élevé à un cent. Aucun enjeu n'était trop petit.

Hunt répéta son nom, même si Harlow lui tapait la tête en riant chaque fois qu'il le disait.

— C'est de la triche.

Hunt leva les yeux. Kaylee les observait, mains sur les hanches.

Il reporta son attention sur Harlow.

— C'est pas de la triche. Je dois m'assurer qu'elle s'entraîne.

Kaylee sourit à Harlow — et la subtilisa des bras de Hunt.

Merde. Difficile de s'offrir son quart d'heure Harlow quand ses frères ou sa maman étaient dans les parages. Ce qui était toujours le cas.

Kaylee cala la fillette sur sa hanche.

— Arrête de harceler mon bébé, dit-elle en lui lançant un regard noir.

Ses quatre frères s'étaient casés, les idiots. Et bien sûr, ils avaient tous choisi une femme forte qui ne lui laissait rien passer, comme ses frangins. Hunt devait donc entraîner Harlow en cachette quand Kaylee n'était pas là.

— Bien sûr. Comme tu veux, Kaylee.

Il lui fit son sourire le plus charmeur. Celui qui n'avait pas marché sur Abby. Il espérait que cette exception étrange n'allait pas devenir la norme.

Kaylee le rembarra.

— Le sourire à fossettes ne marche pas sur moi. Grâce à ton frère, je suis imperméable aux techniques de charme des Cade.

— Qu'a-t-il fait encore ? soupira Hunt.

Kaylee embrassa le front de sa ville.

— Wes n'a rien fait. Pas encore. Mais j'ai appris à rester sur mes gardes avec cet homme.

— Wes ferait n'importe quoi pour toi.

Kaylee dégagea une mèche de cheveux noirs de son œil et changea sa fille de hanche.

— Tu m'étonnes, après ce qu'il m'a fait subir avant notre mariage.

Pas de discussion là-dessus. Wes avait bousillé sa relation avec Kaylee quand ils étaient sortis ensemble au lycée, et il faillit recommencer des années plus tard lorsqu'ils s'étaient retrouvés. Heureusement pour Wes, il s'était ressaisi et avait fait de Kaylee — et de Harlow — sa priorité. Hunt n'aurait pas cru voir ça un jour, mais son frère adorait sa petite fille, et était un excellent père.

Hunt tendit la main pour chatouiller le ventre de Harlow et murmurer son nom, espérant que Kaylee était trop occupée à faire des signes pour qu'un des animateurs du Club Kids la remarque.

Vive comme le serpent à sonnette, elle lui gifla la main.

— Tu es venu ici juste pour m'énerver ou pour une vraie raison ?

La vache, elle était rapide.

— Je suis venu voir si tu as besoin d'aide. Je peux m'occuper des enfants les deux dernières heures.

Les épaules de Kaylee s'affaissèrent.

— J'aime mieux ça. Oui, j'ai besoin d'aide. Cet endroit a doublé de taille depuis mon départ en congé maternité. On tourne à pleine capacité. Ma priorité est de recruter plus d'animateurs. En attendant, tu veux bien aider Brin à surveiller les enfants ? Et garde un œil sur les plus grands. Ils sont brutaux parfois.

Hunt leva les yeux au ciel.

— Wes t'a déjà parlé de notre enfance ? Les jeux brutaux, c'était notre came.

Kaylee pinça les lèvres.

— Très juste. D'accord, vas-y. Brin va faire sortir les

grands en rang pendant que je prépare une activité manuelle pour les petits.

Il pencha la tête vers Harlow.

— Je peux la prendre si tu as besoin d'avoir les mains libres.

— Non ! Sors d'ici avant de laver le cerveau de ma fille.

Hunt pouffa et suivit les enfants dehors en emportant la corde pour le jeu.

Une heure plus tard, les enfants dégustaient leur glace après avoir battu Brin et Hunt au tir à la corde. Hunt, agenouillé sur la plage, créait un château de sable, véritable œuvre d'art.

— Noah, dit-il. On a besoin d'un drapeau pour notre château. Il faut que tout le monde sache à qui il appartient.

Noah se rembrunit.

— Comment je fais un drapeau ? On n'a pas de papier et de crayons ici.

— On a mieux. Va chercher une des peaux de chamois que j'ai laissées sur le ponton tout à l'heure. Surtout, prends-en une qui porte l'emblème du Club Tahoe. Et ramasse un beau bâton bien droit en chemin.

Noah sourit et bondit sur ses pieds avec l'énergie propre aux enfants de cinq ans.

Hunt aida les enfants à parfaire les autres châteaux de sable, en louant leurs réalisations. Il scruta la plage pour s'assurer qu'il ne manquait personne à l'appel, et aperçut son frère Bran qui se dirigeait vers le Prime, la brasserie étoilée du club, proposant viande et fruits de mer à la carte.

Hunt se releva et épousseta le sable de son pantalon.

— Comment ça se passe ? dit-il en regardant autour de lui.

Noah mettait du temps à revenir, mais il repéra le petit

garçon au bout du ponton. Il fouillait dans le seau de chiffons, probablement à la recherche du drapeau parfait.

Hunt rit tout seul. Son assistant était un perfectionniste.

– Tu as le temps de parler ou tu es trop fasciné par la nouvelle sauveteuse ? demanda Bran en regardant la jeune femme en question.

Hunt n'était pas du tout attiré par Gabrielle, mais ses frères avaient une piètre opinion de lui. Toujours.

La nouvelle sauveteuse faisait du bon travail. Elle était très attentive et veillait à ce que les enfants respectent les consignes de sécurité. Dès que Hunt avait compris qu'elle maîtrisait la situation, il n'avait plus fait attention à elle. Mais ses frères pensaient qu'il était obsédé par les femmes. Et il avait du mal à le contester. Dès qu'il ne travaillait pas, il cherchait à attirer le maximum d'attention des femmes. Mais il se préoccupait autant qu'eux du Club Tahoe et il ne sortirait jamais avec une de ses employées — même si ses frères ne le croyaient pas.

– Gabrielle est dans l'équipe de natation de l'université. Je l'ai engagée pour ses compétences.

Bran ricana.

– C'est ça. Rien à voir avec le fait que c'est une bombe.

– Où est Ireland ? railla Hunt. Je croyais que c'était la seule femme que tu regardais.

Bran était passé de l'état de moine, sans sexualité depuis des années, à celui d'amoureux transi. Parler d'Ireland était un moyen sûr de le distraire.

– Mon adorable petite amie arrive. On a des projets…

Hunt ne l'écoutait plus, son attention soudain attirée par une silhouette orange en mouvement près du ponton.

Immédiatement, Hunt courut vers le lac, d'où il sortit Noah de l'eau glacée.

– Ça va, mon pote ? dit-il en collant Noah contre son épaule et en le serrant étroitement.

Le petit garçon enfouit la tête dans le cou de Hunt et pleura en silence.

– Ça va aller. Tu es avec moi.

Brin accourut avec une serviette, suivie de Gabrielle.

– Qu'est-ce qui s'est passé ? s'affola Brin.

Hunt indiqua du pouce le lac derrière lui.

– Le nouveau gamin avec le t-shirt orange a poussé Noah du ponton.

– J'ai tout vu, dit Gabrielle, mais j'étais trop loin pour intervenir.

Brin fronça les sourcils et enveloppa Noah dans la serviette.

– James. Je vais lui parler, dit-elle en se dirigeant vers le garçon.

– Noah va bien ? s'inquiéta Gabrielle.

Elle posa la main sur son dos, mais il se blottit tout contre Hunt.

Hunt tourna la tête pour essayer de voir Noah, qui s'accrochait à lui comme une moule à son rocher.

– Je pense. Je vais l'emmener faire un tour, dit-il en resserrant la serviette autour du petit garçon. Tu veux bien surveiller les autres ?

– Évidemment, dit Gabrielle.

Elle pivota et siffla à en crever les tympans dans son sifflet pour rassembler les enfants.

Bran se trompait sur les intentions de Hunt. Gabrielle *était* séduisante. Jeune, athlétique. Mais Hunt ne l'avait pas engagée pour son physique. Elle avait remporté haut la main la compétition de natation de haut niveau à laquelle il avait soumis tous les candidats au poste de maître-nageur. Elle les avait littéralement atomisés. Et elle était compréhensive avec les enfants. C'est pour *cela* qu'il l'avait engagée.

Gabrielle leur demanda de ramasser les jouets de plage et de retourner à la salle du Club Kids.

Bran et Ireland s'approchèrent de Hunt et Noah.

– Tout va bien ? s'inquiéta Ireland.

Hunt hocha la tête et leur signifia d'un geste de la main qu'il leur parlerait plus tard. Noah était un petit garçon pétillant. Ça ne lui ressemblait pas de pleurer et Hunt voulait s'assurer sans témoin qu'il allait bien.

Il se mit à marcher sur la plage en frottant le dos de Noah.

– Comment ça va, mon bonhomme ?

– Il m'a poussé, murmura Noah d'une voix tremblotante.

– J'ai vu.

– Il a dit que je le gênais.

Hunt soupira.

– Ce qu'il a fait est mal. Très mal. Surtout près de l'eau. Brin est en train de lui parler, et on va parler à tous les enfants du club. On ne se pousse pas et on ne joue pas près de l'eau.

Hunt sentit Noah se détendre un peu.

– Les grands m'embêtent toujours.

Noah se pencha en arrière et regarda Hunt avec les yeux les plus tristes que celui-ci ait jamais vus.

– Parfois les enfants ne sont pas gentils entre eux, dit Hunt. Mais ça ne veut pas dire que tu dois te venger. Continue à traiter les autres comme tu veux qu'ils te traitent. Mais éloigne-toi s'ils sont agressifs.

Bon sang, il parlait comme Esther, l'ancienne réceptionniste de son père et la seule figure maternelle que lui et ses frères aient jamais connue.

C'était surtout grâce à Esther et à quelques employés

fidèles du Club Tahoe que Hunt et ses frères avaient eu une éducation à peu près décente.

Après une balade de quinze minutes où Hunt avait distrait Noah en lui parlant de bateaux, il revint au Club Kids avec un petit garçon souriant, qui marchait à ses côtés.

La plupart des parents étaient venus récupérer leurs enfants, mais ceux de Noah n'étaient pas là. Comme d'habitude.

Hunt s'étira le cou, le corps tendu. Brin avait dû appeler le contact d'urgence de Noah pour l'informer de l'incident. Cette personne aurait pu venir le chercher à l'heure pour une fois.

Hunt était heureux d'avoir été là pour sortir Noah de l'eau, mais son cœur battait la chamade en imaginant une issue bien pire. Noah aurait pu tomber tête la première dans le lac peu profond… et se briser la nuque.

Les enfants étaient sujets à des accidents. Heureusement, ils s'en remettaient vite. Mais Hunt n'arrivait pas à chasser les scénarios du pire qui se bousculaient dans son esprit.

C'était ça, être parent ? Un vrai parent, pas quelqu'un comme son père ; absent, déçu, indifférent. Mais quelqu'un qui voulait être vraiment là pour son enfant. Si c'était ça, ça craignait.

Hunt mourrait prématurément d'inquiétude s'il avait un jour un enfant à lui. Il avait perdu au moins deux ans de vie dans la fraction de seconde qu'il lui avait fallu pour secourir Noah, et Noah n'était même pas son fils.

Il serra sa petite main dans la sienne pour s'assurer que le petit garçon allait bien. Toute cette inquiétude devait être l'*effet Harlow*. Sa petite nièce était entrée dans sa vie, et il avait ressenti une forme d'amour inédite. Il défendrait

Harlow au péril de sa vie et il semblait que cet instinct protecteur nouveau avait déteint partout.

Hunt expliquait sa sensibilité concernant les enfants par le fait qu'il avait perdu sa mère à un an. C'était presque comme si elle n'avait jamais existé. Mais elle avait existé. Elle avait retardé la chimiothérapie pour que Hunt, dont elle était enceinte, puisse survivre. Le sacrifice de sa mère était un acte que Hunt n'avait jamais pu accepter. Car il n'était pas le seul à avoir perdu une mère à cause de sa décision d'interrompre la chimiothérapie ; ses frères aussi. Et Hunt s'était toujours senti coupable de cette décision.

– Où est maman ? demanda Noah.

Il était assis à côté de Hunt sur un banc de pique-nique près du Club Kids.

– Je croyais que tu vivais avec tes grands-parents ?

– Non, dit Noah en secouant la tête. Je vis avec ma mamanI, andouille.

– Je suis une andouille ? Qui a jeté du sable sur la veste de Brin ?

Noah gloussa.

– Tu es une andouille ! chanta-t-il.

Au moins, le petit garçon allait mieux.

– Alors ta maman…

– La voilà !

Noah sauta du banc et courut vers l'arrière du hall de l'hôtel qui s'ouvrait sur la piscine.

Le cœur de Hunt se décrocha. Ou s'emballa… s'arrêta, peu importe.

Parce que la mère de Noah, c'était Abby.

Chapitre Cinq

Abby souleva Noah et lui couvrit le visage de baisers en respirant l'odeur de sa sueur de petit garçon après une journée au Club Kids. Les conneries qu'elle supportait au travail, les menaces des grands-parents de Noah… tout s'effaça au moment où elle prit son fils dans ses bras.

Il grandissait si vite. Bientôt il ne se laisserait plus porter et embrasser partout. Pour l'instant, elle lui volait tous les baisers qu'elle pouvait.

Abby serrait Noah en l'écoutant jacasser quand elle remarqua ses cheveux ébouriffés et… ses vêtements trempés ?

– Pourquoi tu es tout mouillé ?

L'humidité s'infiltrait à travers sa blouse, la mouillant aussi.

Le sourire de Noah s'évanouit et son menton se mit à trembler.

– Un garçon m'a poussé dans l'eau.

– Il a fait quoi ?

Abby regarda en direction de la salle de jeu du Club

Kids — et aperçut un visage familier. Un visage qu'elle ne s'attendait pas à revoir après le soir de leur rencontre et qu'elle ne cessait pourtant de croiser.

Hunt, assis sur un banc, les observait. C'était bizarre de le voir hier quand sa voiture était tombée en panne, mais aujourd'hui aussi ?

Elle se dirigea vers la salle de jeu et s'arrêta devant lui.

– Que se passe-t-il ?

Est-ce qu'il la suivait ? Il n'avait pas l'air d'un détraqué l'autre soir. En fait, il l'avait laissée tranquille quand elle lui avait dit qu'elle n'était pas intéressée. Elle avait rencontré plein d'hommes qui l'auraient draguée quand même, stimulés par sa résistance.

Abby était prête à parier que Hunt l'avait aussi aidée avec sa voiture hier. Le voiturier la harcelait pour qu'elle déplace sa caisse, et deux minutes plus tard, il lui proposait de la faire remorquer jusqu'à un garage. Après avoir parlé à Hunt.

Hunt qui continuait de les observer, Noah et elle, et qui n'avait pas l'air content. Que se passait-il ?

– Je travaille ici, dit-il. Qu'est-ce que *tu* fais là ?

– Je viens chercher mon fils à la garderie. Mais j'ai l'impression qu'il a eu une sale journée.

C'était peu dire, mais elle ne voulait pas s'énerver devant Noah. Si Hunt travaillait vraiment ici, il entendrait parler d'elle bien assez tôt.

Elle pensait qu'en envoyant Noah au Club Tahoe – l'un des établissements les plus respectés de la région, avec une garderie encensée par les parents –, son fils serait en sécurité tandis qu'elle travaillait dur pour qu'ils aient un toit et un frigo rempli. Apparemment, ce n'était pas le cas.

Elle inspira à fond et changea d'approche. Inutile de tirer des conclusions hâtives.

– Quelqu'un a poussé Noah dans l'eau. Était-ce un accident ?

Hunt se frotta la nuque sans croiser son regard.

– Pas exactement, dit-il en même temps que Noah secouait la tête.

Le sang d'Abby ne fit qu'un tour. Les enfants se bousculaient parfois. Ce n'était pas par méchanceté. Mais apparemment, ce gosse avait intentionnellement voulu faire du mal à son fils.

C'était *son fils*, et elle payait une petite fortune – bien au-dessus de ses moyens – pour qu'il aille au Club Kids. Elle s'attendait à beaucoup mieux que de voir son enfant poussé d'un ponton. Il aurait pu se cogner la tête et se noyer.

Elle jeta un regard sévère à Hunt, puis fixa son fils.

– Dis-moi ce qui s'est passé.

Noah détourna les yeux.

– Des fois, les grands s'en prennent aux petits, et je suis le plus petit. À part les bébés, mais ils ne jouent pas avec nous.

Cela lui suffit. Peu importe la réputation du Club Tahoe, ce n'était pas un endroit bien pour son enfant.

– Viens. Prends tes affaires. On s'en va.

———

APRÈS AVOIR ANNONCÉ qu'ils partaient, Abby fusilla Hunt du regard. Ou du moins elle l'aurait fait si les yeux pouvaient tirer des balles.

Hunt ne pouvait pas lui en vouloir d'être furieuse qu'un gamin ait poussé Noah dans l'eau. *Hunt* lui-même était furieux. Mais pourquoi cette mère arrivait-elle en retard si elle aimait tellement son fils ? Même si elle l'avait réconforté par ses câlins, toute personne qui ne venait pas

chercher son enfant à l'heure après un événement trauma-
tisant était suspecte, selon Hunt.

Brin avait parlé aux enfants dans l'après-midi et leur
avait fait un discours sur « la gentillesse » sur les conseils de
Kaylee, formée à la psychologie de l'enfant. En résumé,
pas de jeux de mains (jeux de vilains) et ne pas s'en prendre
aux autres. Mais Hunt était contrarié que l'incident se soit
produit. Il ne voulait pas que Noah soit blessé, ni aucun
autre enfant d'ailleurs.

Ce qui était ironique, car Hunt et ses frères avaient
grandi en se chamaillant et en se bagarrant tous les jours.
Il avait été élevé comme ça. En gros, comme des animaux
portant polos et khakis, sans mère ou père présent pour
leur apprendre le bien et le mal. Ils avaient fini par
arrêter de se battre – *sauf exception* –, mais Hunt ne
voulait pas de cette éducation pour Noah. Ce petit
bonhomme était doux comme un agneau, et les enfants
qui s'en prenaient à lui pouvaient l'écraser comme une
fourmi.

Avant de partir, Noah sourit à Hunt.

– C'est ma maman, dit-il fièrement en se dirigeant vers
le Club Kids.

Visiblement, Noah aimait sa mère. Et qu'elle arrive à
l'heure ou non (ce qui irritait Hunt), elle aimait son fils
aussi.

Hunt lui fit le même sourire qui n'avait *pas* marché sur
elle l'autre soir, désireux d'apaiser les tensions.

Sauf que le renfrognement d'Abby s'accentua.

Merde alors ! Son sourire ne marchait pas sur cette
femme. Par deux fois. C'était un record, et il ne voulait pas
de troisième échec.

– Comment as-tu pu laisser une brute pousser Noah
dans l'eau ? Quel genre d'endroit diriges-tu ?

Hunt regarda autour de lui.

– Un très bel endroit d'après les commentaires des clients.

Sa réponse ne passa pas. Elle pinça ses lèvres pulpeuses. Qu'il avait toujours autant envie d'embrasser, cela dit.

– Rassure-toi, ajouta-t-il, on a parlé à l'enfant qui a poussé Noah. Rien n'est plus important que la sécurité ici, surtout à proximité de l'eau.

– Hunt m'a emmené faire une promenade sur la plage après, intervint Noah en se précipitant vers eux et en enlaçant la taille de sa mère, ayant entendu la fin de la discussion.

Hunt décida de mettre les pieds dans le plat.

– Je ne savais pas que tu avais un fils. Tu n'en as pas parlé l'autre soir.

– Tu m'as vue ici hier. Je suis sûre que tu n'as pas oublié ma panne de voiture.

Il s'en souvenait très bien. Seulement il n'avait pas cru qu'elle pouvait être, parmi toutes les femmes de la région, la mère de son petit protégé.

– Jeffery a réparé la voiture ?

Ses épaules s'affaissèrent tandis qu'elle soupirait lourdement.

– Oui. Merci pour ton aide. Mais ça ? (Elle engloba d'un geste circulaire le lac et Noah.) Ça ne va pas du tout. Je suis désolée, mais Noah ne viendra plus ici.

– *Maman*, s'insurgea Noah en fixant sa mère avec horreur.

Elle regarda son fils d'un air contrit et posa la main sur son épaule.

– Désolée, mon chéri. Je sais que tu aimes venir ici, mais j'ai besoin de te savoir en sécurité. (Elle se tourna vers Hunt.) J'ai payé les tarifs exorbitants du Club Kids parce que je pensais que c'était le meilleur club pour Noah. Mais s'il se fait brutaliser…

— C'est le meilleur club, argua Noah. J'apprends plein de choses et j'aide Hunt à s'occuper des bateaux.

Hunt toussota.

— Noah m'aide à astiquer la coque des yachts. Je ne le quitte pas des yeux, bien sûr. C'est un assistant précieux.

Hunt rassura Noah d'un petit signe de tête.

— C'est… chouette. Je suis sûre que ça l'amuse beaucoup. Mais je ne peux pas prendre le risque qu'il arrive autre chose à mon fils.

— Je suis d'accord, dit Hunt.

— Je… euh, vraiment ? se troubla Abby comme si elle ne s'attendait pas à cette réponse.

— Je ne veux pas qu'il arrive quoi que ce soit à Noah ou à un autre enfant, et c'est pourquoi on a engagé plus de moniteurs pour garder un œil sur chacun d'eux.

D'accord, c'était une idée de Kaylee, mais elle avait raison. Les inscriptions au Club Kids avaient explosé et ils avaient besoin de renforcer les effectifs.

— Je peux t'assurer que ton fils est entre les meilleures mains ici, conclut-il.

Bizarrement, l'idée que Noah quitte le Club Kids lui laissait un goût amer dans la bouche. Il ne voulait pas voir partir le petit garçon. Il devait juste convaincre sa mère qu'il ne risquait rien.

— Je veux bien te croire, dit-elle, mais le club est très cher. Je peux trouver le même ratio d'animateurs par enfant ailleurs. Dans un endroit où mon fils ne risquera pas de se noyer.

D'abord Abby l'avait jeté quand il l'avait draguée au bar l'autre soir. Et ensuite son sourire ravageur n'avait pas marché quand il avait tenté de la rassurer. Un sourire infaillible jusqu'à maintenant. Il ne prenait pas en compte le fiasco avec Kaylee tout à l'heure parce qu'elle était mariée à Wes, et visiblement son frère lui avait dit de se méfier. Et maintenant, Abby rejetait ses garanties, lui qui était si doué pour le bagout ? C'était quoi ce bordel ?

Hunt était le gentil frère. Bon, d'accord, d'après lui. Mais il avait un don pour charmer les femmes que même ses frères ne pouvaient pas nier. Manifestement, c'était plus dur en ce moment. Ou alors cela venait d'Abby. Elle était la seule constante des derniers jours.

La priorité de Hunt était de faire en sorte que les femmes se sentent en sécurité avec lui. Or là, c'était le monde à l'envers. Est-ce que Mercure était en rétrograde ? Que se passait-il cette semaine ?

Jamais les femmes ne le rejetaient. Pas une fois qu'il s'était mis en tête de les conquérir.

Euh, avait-il *vraiment* décidé de séduire Abby ? Pas lors de leur rencontre au bar en tout cas. Mais maintenant qu'il savait qu'elle était la mère de Noah, il voulait… quelque chose. Peut-être simplement plus de temps pour la convaincre que Noah était en sécurité au Club Kids. Noah faisait partie de la bande. Il devait y avoir un moyen d'arranger les choses.

Hunt et ses frères avaient appris très tôt la sécurité nautique. Leur père avait engagé un ancien Marine d'élite pour leur enseigner la plaisance et l'homme avait martelé les règles de sécurité jusqu'à ce qu'elles leur rentrent dans le crâne. Il pouvait assurer la sécurité des enfants. Il fallait juste qu'Abby lui laisse une chance.

Noah, le visage collé contre le ventre de sa mère, pleurait.

— Abby, commença Hunt.

Il n'essayait pas de la séduire cette fois. Il voulait arranger les choses. Alors il parla avec son cœur, ce à quoi il n'était pas habitué.

– Je comprends ton inquiétude, mais les enfants ne sont pas parfaits. Ils se battent et font des bêtises. Notre travail au club consiste non seulement à leur faire vivre des bons moments et des expériences nouvelles, mais aussi à leur apprendre la vie en groupe et à les guider. (Bon sang, il devait vraiment arrêter de fréquenter Kaylee. Il parlait comme un instit de maternelle.) Laisse-moi vous accompagner dans la salle de jeu du Club Kids. On en parlera mieux là-bas.

Elle s'arrêta net et secoua la tête.

– Désolée, je ne peux pas prendre le risque. C'était le dernier jour de Noah au Club Kids.

Chapitre Six

Personne ne comprenait la pression qu'Abby subissait de la part des parents de Trevor. Il faudrait des heures pour expliquer les événements depuis la mort de son petit ami, alors elle renonça à essayer.

Hunt fit signe à une jeune femme portant un polo Club Kids.

– Brin, tu peux emmener Noah boire un soda à la glace ?

– Maman ? interrogea Noah avec espoir.

Hunt connaissait bien son fils. Il adorait les sodas à la glace. Il ferait des bonds après ça, mais il avait eu une journée éprouvante et elle ne pouvait pas lui refuser ce plaisir. Elle lui caressa les cheveux.

– Vas-y, chéri.

C'était clairement une manœuvre de Hunt pour rester seule avec elle. Cela ne la dérangeait pas, car elle avait aussi deux mots à lui dire. À savoir, pourquoi personne n'avait-il empêché le gamin de s'en prendre à Noah aujourd'hui ? Elle ne croyait pas un instant qu'il s'agissait d'un incident isolé, comme l'avait déclaré Hunt.

Dès que Noah fut suffisamment éloigné pour ne pas l'entendre, Abby prit la parole — avant que Hunt ne puisse la convaincre de laisser son fils à la garderie.

– En dehors de l'intimidation dont est victime Noah, je n'ai plus les moyens de payer le Club Kids, dit-elle en enroulant les bras autour de sa taille. C'est trop cher, et en plus, on s'en est pris physiquement à lui. Il a dit que les grands l'embêtaient. Comment pouvez-vous laisser ça se produire ?

Hunt serra les mâchoires.

– Comme je te l'ai dit, il arrive que des enfants jouent les durs, mais nous ne tolérons pas ce comportement. Le gamin en question s'est fait remonter les bretelles juste après l'incident aujourd'hui. À l'avenir, nous prendrons toutes les mesures nécessaires pour nous assurer que de telles situations ne se reproduisent pas. Je ne peux pas promettre que les enfants seront toujours gentils les uns avec les autres, mais je promets de régler le problème chaque fois qu'il se présentera.

Elle secoua la tête.

– Ça n'a pas d'importance. Noah ne sera plus là.

Crispation accentuée des mâchoires.

– À cause du coût ? demanda-t-il.

Admettre ses difficultés financières était humiliant.

– Oui, en partie. Je ne peux pas non plus risquer qu'on touche à un cheveu de Noah pendant qu'il est sous ma garde.

Hunt fronça les sourcils.

– C'est quasiment une mission impossible. Noah est un gentil garçon, mais c'est le premier à envoyer du sable sur les autres gamins. Quant au coût de l'inscription mensuelle, on vient de mettre en place un tarif échelonné. Quels que soient tes revenus, on trouvera un montant adapté.

– Je… c'est vrai ?

C'était la première fois qu'elle entendait parler de tarif échelonné au Club Tahoe. Avait-il pitié d'elle ? Se montrait-il arrangeant parce qu'elle n'arrivait clairement pas à s'en sortir toute seule ?

Elle n'avait pas besoin de ça, que tout le monde ait vent de ses manquements. Si la communauté du lac Tahoe s'accordait avec Vivian sur son incapacité à élever son fils, tout espoir était perdu.

Abby ferma les yeux, la chaleur familière des larmes lui brûlant les paupières. Elle ne pleurerait pas. Pas devant Hunt, le bel homme qui, si elle avait été plus jeune et insouciante, l'aurait séduite au club l'autre soir. Tout comme elle s'était laissée séduire par le doux et charmant Trevor.

Et avait eu son fils. Elle ne regretterait jamais le peu de temps qu'elle avait passé avec Trevor, ni les conséquences qui découlaient de cette relation, et dont elle devait payer le prix au quotidien, sous la pression de ses parents.

Elle leva la tête et cligna les yeux pour refouler les larmes.

– J'apprécie le geste, mais je suis une mère célibataire qui doit travailler le double d'heures en ce moment pour subvenir à nos besoins. Je ne peux pas continuer à ce rythme. (Noah avait besoin d'elle. Elle devait trouver le moyen de travailler moins tout en réglant ses factures.) Même avec un tarif réduit, je n'ai pas les moyens.

C'était encore plus humiliant d'avouer qu'elle ne pouvait même pas payer le minimum.

– Si tu n'as pas les moyens, on s'en arrangera, dit Hunt sans hésiter.

Abby écarquilla les yeux, surprise.

– Personne n'offre une garderie gratuite.

– Noah fait partie de l'équipe du Club Kids. Si lui et sa

famille ont besoin de notre soutien, nous sommes là pour lui.

Pour son fils ou… ? Non, bien sûr, pas pour elle. Pourquoi Hunt s'intéresserait-il à elle, une mère célibataire aux yeux perpétuellement cernés ?

Super sexy. Elle rit intérieurement de ses pensées coquines. Le surmenage et le stress d'élever seule son enfant lui avaient donné des signes révélateurs d'épuisement qu'aucune sieste ne pourrait réparer. Elle aurait besoin de dormir pendant un mois entier pour récupérer.

Ainsi, elle était son cas social. Parfait. Mais il y avait d'autres facteurs à prendre en compte.

– Merci. C'est très gentil, mais je ne peux pas accepter.

Et si les grands-parents de Noah apprenaient qu'elle ne pouvait pas payer la garderie ? Pourraient-ils l'utiliser contre elle ? Vivian avait menacé de lui enlever Noah tellement de fois, et de tant de façons, que tout semblait possible.

Hunt poussa un gros soupir.

– J'ai éliminé le problème du coût. Et je t'ai dit qu'on embauchait du monde pour nous assurer que tous les enfants soient supervisés, même si l'effectif augmente. Qu'est-ce qu'il te faut de plus ?

Tellement de choses.

Elle laissa tomber ses bras le long de ses flancs, et une larme furtive roula sur sa joue. Super. Maintenant elle avait l'air fauchée *et* désespérée. Elle l'essuya rapidement et afficha un sourire forcé.

Hunt la saisit gentiment par le coude. Elle se laissa emmener dans un coin tranquille du hall d'accueil.

– Que se passe-t-il, Abby ?

Sa façon de lui parler, comme s'il la connaissait, était… désarmante. Elle eut envie de se décharger du poids de ses soucis, mais elle ne pouvait pas. Elle n'aurait jamais évoqué ses problèmes d'argent s'il ne s'était pas montré si déterminé à garder Noah au Club Kids, et si son fils ne l'aimait pas autant.

– Noah est un chouette gosse. J'aimerais l'aider, déclara Hunt.

Elle lui envoya un regard de côté.

– Tu as déjà tellement fait. La voiture. Proposer de prendre en charge le coût de la garderie. Je ne peux pas accepter plus. Ça pourrait nous faire du mal à long terme, à Noah comme à moi… C'est une longue histoire, ajouta-t-elle en voyant son expression perplexe.

Il se pencha en avant dans le fauteuil face au sien et posa les coudes sur ses genoux.

– J'ai tout mon temps.

Elle aurait dû se sentir gênée. Il avait vu cette stupide larme couler sur sa joue, pour l'amour du ciel, mais Hunt n'était pas le playboy charmeur du premier soir. Avec ces beaux yeux turquoise qui la fixaient si intensément, il semblait sincèrement préoccupé.

Ces yeux étaient dangereux.

Même sans les yeux, Hunt était extrêmement persuasif. C'était ses mots, son assurance, la façon dont son corps s'inclinait vers elle, comme s'il reconnaissait quelque chose qui lui plaisait. Heureusement qu'Abby avait mis ses hormones sous cloche et remarquait à peine le sexe opposé.

Le père de Noah était grand, et un peu moins musclé que Hunt, mais c'était un très bel homme, et charmant aussi. Et doux, comme son fils.

Hunt n'avait pas l'air doux. Il était tout en muscle, avec une mâchoire puissante et des yeux d'un bleu intense. Mais quelle que soit l'étincelle qu'il faisait jaillir en elle, elle s'éteignait dès qu'elle imaginait les appels de Noah en pleine nuit après avoir fait un cauchemar ou vomi dans son lit, fiévreux. Aucun homme à l'aube de la trentaine ne voudrait d'Abby. Pas quand il pouvait trouver une jeune femme séduisante et insouciante qui n'avait pas tous les problèmes qu'elle se trimballait.

– La mère de mon petit ami veut m'enlever mon fils, dit-elle.

Voilà qui devrait le faire fuir. Il pensait qu'elle n'avait que des problèmes d'argent ? Il n'imaginait pas la moitié de ses soucis.

– Et qu'en dit ton petit ami ?

– Il est mort.

Hunt cilla et regarda ailleurs.

– Je suis désolé. Ça doit être dur pour Noah et toi.

– Oui. Bien que Noah ne se souvienne pas de son père. Il est mort quand il avait un an. Un accident d'escalade.

Sa vie entière avait basculé à l'époque. Elle ne savait pas comment survivre sans Trevor. Quatre ans plus tard, elle savait comment elle y était parvenue : en avançant dans l'existence à la force du poignet et en priant pour que le monde ne s'écroule plus autour d'elle.

Trevor lui manquait, mais elle mentirait en disant qu'elle ne lui en voulait pas d'avoir fait traîner les choses en longueur et de ne pas l'avoir épousée dès qu'elle était tombée enceinte. « On se mariera après la naissance du bébé, avait dit Trevor au quatrième mois de grossesse. Comme ça, tu n'auras pas à t'occuper de l'organisation du mariage en étant enceinte. »

Les mois passèrent et Trevor n'en parla plus jamais. Quand Abby évoqua l'idée de trouver une date pour le mariage, six mois après la naissance de Noah, Trevor lui dit qu'il devait régler la question financière avec ses parents. Il voulait qu'elle signe un contrat de mariage, et elle était d'accord. Mais Trevor n'avait pas eu le temps d'organiser quoi que ce soit. Il était mort peu après cette conversation, les laissant, son fils et elle, dans le dénuement.

Le décès de Trevor était un accident. Mais il avait toujours aimé les rushs d'adrénaline, et l'escalade sans harnais ni corde de sécurité avait été son ultime expérience extrême. Maintenant, il était mort, et son fils en avait payé le prix. La dernière chose que feraient les parents de Trevor, c'était d'aider Abby. Ils voulaient qu'elle se plante et explose en vol pour obtenir la garde de l'enfant de leur fils unique.

Hunt se frotta les yeux.

— Je suis désolé, répéta-t-il.

— On va bien.

Abby était tellement habituée à se le répéter intérieurement sur tous les tons, que les mots sortirent tout seuls.

Hunt leva les yeux.

— Je ne souhaite à aucun enfant de perdre un parent si jeune.

Elle opina, réprimant un nouvel afflux d'émotions. Elle avait été sous pression cette semaine. Cela devait expliquer la larme qui s'était échappée malgré elle.

Noah déboula dans le hall un grand sourire aux lèvres, suivi par Brin.

— Maman !

Il courut vers elle et se jeta à plat ventre sur ses genoux, levant les jambes très haut comme un atterrissage en catastrophe.

Abby s'accrocha à son fils, esquivant ses pieds qui se retrouvèrent dangereusement près de sa tête.

— Comment était ce soda à la glace ?

— Le meilleur de ma vie ! Tu as convaincu maman de me laisser rester ? demanda-t-il en tournant la tête vers Hunt.

— Noah, martela-t-elle en guise d'avertissement.

– J'y travaille, dit Hunt en faisant un clin d'œil à l'enfant.

Il y travaille ? Elle lui avait expliqué que ça ne marcherait jamais. Hunt était un homme têtu. S'il n'était pas si gentil avec son fils, ça l'agacerait.

Elle regarda l'heure. Il était tard et elle devait encore préparer le dîner.

– On ferait mieux d'y aller.

Elle se leva et prit le sac à dos de Noah.

Brin serra Noah dans ses bras. L'enfant lui rendit son câlin.

On l'aime ici. Si les choses n'allaient pas si mal, elle donnerait une deuxième chance au Club Tahoe.

Hunt se leva aussi.

– Tu veux bien réfléchir à ma proposition ? On aimerait que Noah continue de participer aux activités du Club Kids. Donne-moi un jour ou deux et je t'enverrai des documents pour que l'aspect financier ne soit plus un problème. Tu pourras prendre ta décision sur cette base.

Elle lui fit un petit sourire, mais il n'y avait rien à réfléchir.

Abby sortit du hall en compagnie de Noah.

Chapitre Sept

E lle pleurait ?

Quand Hunt avait insisté pour connaître ses raisons de retirer Noah du Club Kids, il n'imaginait pas qu'Abby allait craquer.

Hunt ne supportait pas de voir une femme pleurer. Cela allait à l'encontre de sa philosophie qui consistait à les rendre heureuses, et lui donnait envie de se transformer en Hulk et de défoncer des murs de briques pour les protéger.

Peu de femmes avaient versé des larmes devant Hunt, mis à part les larmes de joie. Mais Abby était malheureuse. Il le devinait à ses épaules raides et à la peur assombrissant ses yeux dorés et cernés. Quelque chose ou *quelqu'un* l'effrayait, et cela le mettait hors de lui. C'est probablement pour cela qu'il lui avait proposé de profiter du tarif échelonné du club, qui n'existait pas. Puis de laisser Noah participer gratuitement aux activités.

Levi allait lui arracher les bourses.

Peu importe. Il gérerait Levi plus tard.

Noah était un peu leur mascotte. Parmi les premiers inscrits, il avait participé à la fabuleuse expansion du Club

Kids depuis un an. Hunt trouvait normal que le club soutienne Noah et sa mère.

Mais il y avait autre chose. Il voulait savoir Noah en sécurité. Sa mère aussi. Ce qui était carrément déconcertant.

Oui, il aimait les femmes. Oui, il voulait les protéger et les rendre heureuses. Mais il ne s'était jamais investi à ce point. Pas depuis Lisa.

Près d'une décennie s'était écoulée depuis qu'il était tombé amoureux de la petite amie de Levi alors qu'il n'était qu'en terminale. Après ce monstrueux bordel, Hunt n'avait jamais trouvé de bonne raison de se montrer protecteur envers qui que ce soit.

C'était le gamin. Hunt voulait que Noah soit en sécurité, et pour cela, la mère de Noah avait besoin de soutien, c'est tout.

C'était une mauvaise idée, mais elle lui tenait à cœur. Il allait faire le maximum pour Noah et Abby, quelles qu'en soient les conséquences.

Hunt étira le cou et poussa un gros soupir en regardant Noah et sa mère quitter le Club Tahoe.

Ses frères (comme tout le monde, d'ailleurs) ne le croyaient pas capable de s'occuper de quelqu'un d'autre que lui-même, mais *ils avaient tort.*

Dès qu'Abby avait évoqué la menace représentée par les grands-parents de Noah, le sang de Hunt s'était mis à bouillir. Oh, il ne l'avait pas montré, mais il était *révolté.*

Comment pouvait-on vouloir enlever un enfant à sa mère ? Une bonne mère en plus. D'accord, elle ne venait pas toujours chercher Noah à l'heure, mais il était évident qu'elle l'aimait. Hunt avait vu la façon dont Abby regardait Noah, il avait vu l'amour entre la mère et l'enfant. Un spectacle si touchant qu'il avait presque versé une larme. *Presque.* N'exagérons pas. Hunt avait été élevé à la dure par ses frères intraitables ; il préférait se casser le petit doigt que de laisser paraître ce genre d'émotions.

En parlant de frères intraitables, Hunt partit les retrouver. Ils tenaient en général leur soirée bière hebdomadaire au Fireside Lounge, le bar de l'hôtel, mais ce soir ils se réunissaient au mexicain. Depuis quelques années, leurs chéries se joignaient à eux, ce qui agaçait Hunt au début. Puis il s'était rendu compte que les femmes offraient de meilleurs conseils et qu'il était utile de les avoir sous le coude.

– Tu veux faire quoi ? rugit Levi une heure plus tard, sa voix grave grondant comme le tonnerre.

Hunt prit une chips tortilla et la trempa dans la sauce salsa extraforte du restaurant mexicain du Club Tahoe.

– Inscription gratuite pour Noah. Une dérogation spéciale.

Levi regarda Emily, sa petite amie et directrice du Club Tahoe, l'air de dire : « non, mais tu entends ça ? »

– Hunt, qu'est-ce qui s'est passé ? demanda doucement Emily

Hunt croqua sa chips et avala une gorgée de Corona-Rita, un grand verre de margarita dans lequel on plongeait à l'envers une mini-bouteille de Corona.

– Sa mère ne peut plus payer, et je pense qu'on devrait proposer des tarifs échelonnés, expliqua-t-il en jetant un regard noir à son frère. Tous les enfants n'ont pas la chance qu'on a eue. On serait des enfoirés de n'accepter au club que les gosses qui peuvent se permettre de payer nos tarifs de luxe.

Levi se gratta le menton.

– C'est juste. Mais on ne peut pas se permettre d'offrir la *gratuité* à tous les gamins. Les tarifs réduits, c'est une chose, mais la gratuité ? Ce serait injuste pour les parents qui paient.

Hunt se pencha en arrière, réfléchit, puis haussa les épaules.

– Je paierai de ma poche.

Levi regarda ses autres frères, restés silencieux depuis que Hunt avait évoqué le cas de Noah et sa mère.

– Quoi ? s'agaça Hunt.

Adam s'éclaircit la voix.

– C'est un peu bizarre, c'est tout… que tu t'intéresses autant à un enfant. Ou à n'importe qui, d'ailleurs.

Typique. Les autres le sous-estimaient toujours. En particulier ses frères.

Il répondit patiemment.

– Ça n'a rien de bizarre. J'adore m'occuper des enfants au club. Il se trouve que Noah a besoin de mon aide, et je ne veux pas le voir malheureux. Sa mère a des emmerdes avec ses beaux-parents. Enfin, officiellement ce n'est pas sa belle-famille. Elle n'était pas mariée avec le père de Noah, qui est mort il y a des années. Bref, c'est une mère célibataire qui fait de son mieux, et je veux m'assurer qu'on la soutient — *qu'on soutient Noah,* précisa-t-il.

– C'est très déconcertant, intervint Bran. Tu ne t'es jamais attaché à une fille. Enfin, pas depuis… Bref, tu n'as pas eu d'histoire sérieuse depuis des années, et maintenant, tu veux t'occuper de cette mère et son fils ?

– Je ne veux pas m'occuper d'elle. Je veux aider Noah.

D'accord, il voulait aider Abby aussi, mais l'avouer mettrait des idées absurdes dans la tête de ses frères.

– Intéressant, dit Wes.

Hunt lui lança un regard noir et se pencha en arrière.

– Qu'est-ce que tu veux dire par « intéressant » ?

– Oh, rien. Juste *intéressant.*

Hunt se passa les mains sur le visage. Pourquoi ses frangins étaient-ils si pénibles ? Mince, il ne demandait pas grand-chose.

– Bande de nases, vous me faites chier *depuis des années* avec mes plans cul, et maintenant que je veux aider une petite famille dans le besoin, vous jouez les enfoirés ? Expliquez-moi, je ne pige pas.

– Ne t'occupe pas d'eux, dit Kaylee qui tenait Harlow dans ses bras, qui jouait avec ses cheveux. Je vote pour. (Elle regarda les autres.) Noah est un enfant adorable. Tout le monde au Club Kids a le sentiment que sa vie n'est pas rose à la maison. On sait pourquoi maintenant. Je suis tout à fait d'accord pour l'aider.

Elle sourit à Hunt.

Enfin. Quelqu'un doté de bon sens.

– En plus, ajouta Kaylee, la mère de Noah est très jolie. Je comprends pourquoi Hunt l'aime bien.

Il crispa la mâchoire.

– Il ne s'agit pas de la mère.

– Peu importe, dit Levi. On ne peut pas l'inscrire gratuitement au Club Kids. Ça créerait un précédent dommageable. On pourrait avoir des ennuis si ce genre de favoritisme s'ébruitait.

Hunt fit signe à la serveuse et commanda un super burrito carne asada. Parler d'Abby avec ses frères l'avait psychologiquement épuisé, et il avait besoin de manger pour compenser le stress. Heureusement qu'il ne prenait pas de poids.

– Je t'ai dit que je vais payer. Considère-le comme un don privé.

– La maman de Noah est d'accord ? demanda Kaylee.

Génial, même sa supportrice doutait de lui.

– Pas vraiment. Je ne lui ai pas demandé. A-t-elle besoin de le savoir ?

Kaylee regarda Levi, qui regarda Emily.

– Pas nécessairement, avança prudemment Emily. Je ne

pense pas que ce soit illégal. Mais c'est louche de ne pas lui dire. Tu mentirais par omission.

Hunt tordit la bouche, l'air songeur.

— Ça ne me dérange pas.

Noah avait besoin d'aller au Club Kids et sa mère avait besoin d'aide. Quel genre d'homme serait Hunt s'il n'intervenait pas ?

Et si ses frères avaient raison, et qu'il n'avait jamais fait un tel geste de toute sa vie ? Eh bien, il aimait beaucoup Noah. Et ça n'avait rien à voir avec sa mère.

Bien qu'elle soit jolie.

Et aux petits soins envers son fils.

Et plutôt sexy quand elle était en colère et protectrice envers son fils.

Mais c'était Noah l'important dans cette histoire.

Chapitre Huit

Abby avait remis sa demande de financement au Club Kids, juste pour voir si Hunt avait dit vrai au sujet de la garderie gratuite. Parce que, soyons sérieux, il se trompait sûrement. Et s'il se trompait, sa décision était prise, et elle n'avait pas besoin d'expliquer pourquoi Noah ne pouvait plus participer aux activités du club. Elle n'en avait pas les moyens, et personne ne le contesterait.

Mais apparemment, le Club Tahoe offrait bien à Noah la *gratuité* du Club Kids.

Abby reçut une réponse rapide l'informant que le coût mensuel de la garderie était pris en charge, avec effet immédiat.

Pris en charge ? Il ne s'agissait pas d'un programme géré par l'État. C'était le programme pour enfants du Club Tahoe, la garderie huppée du complexe hôtelier le plus chic de la ville. Cela n'avait aucun sens.

Voilà pourquoi, gratuité ou non, Abby ne remit pas Noah au club. Elle s'inquiétait de la brutalité des enfants et ne souhaitait pas qu'il y retourne. Elle l'inscrivit dans une garderie proche de son travail. Et ce fut une catastrophe.

– Je déteste cet endroit, dit Noah alors qu'ils sortaient de la garderie des Montagnards.

– Il s'est passé quelque chose ?

Elle examina le visage et les bras de son fils.

– On s'ennuie teeeeeeellement ici. Quand est-ce que je retourne au Club Kids ?

Les épaules d'Abby s'affaissèrent. Curieusement, elle n'était pas prête à donner une autre chance au Club Kids. Hunt y travaillait et il la mettait mal à l'aise. D'accord, c'était faux. Il la… troublait. Oui, il la troublait avec sa belle gueule, sa musculature et son désir de résoudre ses problèmes. La dernière fois qu'elle avait laissé un homme régler ses problèmes financiers afin qu'elle puisse aller à l'école d'infirmière à plein temps, il était mort et l'avait laissée seule avec leur jeune fils.

Elle était adulte maintenant. Sa famille vivait loin, mais Dieu savait qu'ils n'avaient pas d'argent à dépenser. C'était sa vie, et c'était à elle de résoudre ses problèmes. Et donc de prendre les meilleures décisions pour son enfant.

– Et si tu restais encore un peu chez les Montagnards ? Tu ne crains rien là-bas. Il n'y a pas de grands pour t'embêter.

Les yeux tristes de Noah l'implorèrent.

– Non, maman ! Je veux retourner au Club Kids et aider Hunt à nettoyer les bateaux.

Merde. C'était la partie de l'éducation qui craignait. Vous vouliez que votre enfant soit en sécurité, et lui voulait participer à des activités dangereuses.

Mais était-ce vraiment dangereux au Club Kids ? Ils avaient sans doute engagé de nouveaux surveillants, comme Hunt l'avait promis.

– Je les appellerai pour voir s'ils ont encore de la place.

Autrement dit, pour voir s'ils avaient engagé du personnel supplémentaire, avant de prendre sa décision.

– Ouais ! s'écria joyeusement Noah.

Ça lui serrait le cœur de devoir refuser quelque chose à Noah, alors qu'il ne demandait jamais rien. En fait, retourner au Club Kids était la première demande qu'il n'ait jamais formulée.

Et elle craignait que cela n'ait un rapport avec Hunt et le lien que son fils avait noué avec lui.

———

Noah se dégagea des bras d'Abby après qu'elle ait déposé un baiser sur sa joue.

– C'est bon, dit-il avant de courir vers Hunt, à moins de trois mètres de là, qui cochait des cases sur une liste.

Abby avait réinscrit Noah au Club Kids après qu'il ait exprimé son mécontentement d'aller à l'autre garderie. Car ils avaient effectivement engagé des surveillants supplémentaires. Trois. Et bien sûr, il restait de la place pour Noah.

« Nous serions très heureux de le revoir, » avait dit la pétillante animatrice. Brin, si elle ne se trompait pas. Donc Abby avait capitulé. Le Club Kids était sans conteste l'endroit le plus réputé en ville pour les activités extrascolaires.

Hunt leva les yeux et croisa brièvement son regard.

Un essaim de papillons s'envola dans son ventre.

Elle ferma les paupières. Sérieux ? Puis quoi encore ? Hunt l'avait aidée pour Noah et, bon sang, même pour sa voiture. Si elle le laissait être ami avec son fils et elle, leur relation devait rester platonique. Il y avait une grande différence entre se faire aider par un ami et entretenir par un homme. Elle ne voulait pas revivre cela. Pas sans un certificat de mariage.

Noah jeta son sac à dos avec son déjeuner dans un

panier installé dehors à cet effet, puis Hunt lui dit quelque chose en lui touchant l'épaule.

Noah sourit jusqu'aux oreilles et courut rejoindre les autres enfants. Hunt reporta les yeux sur sa liste, mais Abby sentit son attention sur elle.

C'était le moment de faire un point sur la situation. Elle s'approcha lentement.

– C'est temporaire, dit-elle. (Hunt ne leva pas les yeux.) Noah veut venir ici, mais je ne suis pas convaincue que ce soit le meilleur endroit pour lui. Et je serai probablement en retard tous les jours. Je ne sors pas du travail avant dix-sept heures. Et la circulation est dense, surtout en été.

Hunt finit par lever les yeux de sa liste pour la regarder.

Sa poitrine se serra et son cœur s'affola.

Elle se tordit les mains. Hunt ne lui avait pas fait ce genre d'effet au bar.

D'accord, c'était un mensonge. Mais à l'époque, elle était en mode verrouillé. Elle avait enfermé ces satanés papillons qui se déchaînaient aujourd'hui.

Même si Hunt l'attirait, elle n'avait pas le temps de sortir. Du genre, pas du tout. Pas une seconde. Et il n'était sûrement pas intéressé. Les papillons et les battements de cœur étaient sans doute unilatéraux.

Hunt ne l'avait jamais vue qu'avec ses chaussons d'infirmière. Il devait la trouver mal fagotée. Et c'était la réalité.

À une époque, Abby était une jeune femme séduisante. Elle se lavait les cheveux tous les jours, se maquillait et portait de jolis vêtements. Aujourd'hui, elle avait de la chance si sa blouse n'était pas froissée. Souvent, elle était trop épuisée pour plier ses vêtements et s'écroulait dès que Noah dormait. Être un parent isolé entachait sérieusement son image de maman sexy. Mais elle n'avait pas envie d'être sexy. Elle n'avait pas ressenti de désir depuis la mort de Trevor.

— Ne t'inquiète pas pour les retards, dit Hunt.

Sa voix grave et chaude n'aidait pas. Comme si des yeux bleus frappants et un corps musclé ne suffisaient pas.

Elle était une mère célibataire et mal fagotée, pour l'amour du ciel ! L'univers devrait avoir pitié d'elle.

— Eh bien, je m'inquiète, dit-elle en levant le menton.

Mais elle évita de croiser son regard. Le contact visuel tendait à exciter les papillons.

Il sortit son téléphone.

— Tu me donnes ton numéro ?

Explosion kaléidoscopique de papillons.

— Pardon ?

Ramener Noah au Club Kids était la pire décision de sa vie.

— Ton téléphone, dit-il. Je t'enverrai mon numéro par texto. Appelle-moi quand tu es en retard, et je le dirai à Noah pour qu'il ne s'inquiète pas. On nettoiera les bateaux ensemble jusqu'à ce que tu arrives.

Hunt la tuait à petit feu. Avec insistance. Elle n'était pas sûre de pouvoir lui faire confiance, mais c'était son cerveau qui parlait. Son instinct lui disait de foncer.

Il avait l'air gentil. Elle était surprotectrice avec son fils, mais pouvait-on lui reprocher ?

— Très bien, dit-elle. Mais je suis sûre que tu l'as déjà dans mon dossier.

Il tapota l'écran tandis qu'elle énonçait son numéro, puis il rangea son téléphone.

— Je l'ai déjà, effectivement. Mais comme ça, j'ai la permission de t'appeler. Pour nous coordonner.

Coordonner ? Pourquoi sa façon de prononcer ce mot lui faisait-elle palpiter le ventre ? En plus, il l'aidait avec son fils, alors elle devait vraiment songer à se calmer.

Elle pivota et s'éloigna, toute tremblante, en se demandant si elle avait pris la bonne décision. Avant de quitter l'espace piscine, elle se retourna une dernière fois pour voir si Noah s'amusait — et l'aperçut sur les épaules de Hunt.

Il portait le petit garçon vers un groupe d'enfants assis en cercle sur la plage. Noah riait en levant le poing comme s'il était le roi du monde.

Sa gorge s'assécha. C'était cela qui manquait à son fils. Ce qu'elle ne pouvait pas lui donner. Une figure paternelle. Et il semblait que Noah l'avait trouvée tout seul.

Seigneur, à l'aide. Pourquoi fallait-il que ce soit *cet* homme ?

Chapitre Neuf

À la grande surprise d'Abby, leur vie était réglée comme du papier à musique depuis le retour de Noah au Club Kids. Elle envoyait un texto à Hunt en cas de retard, et Noah était toujours en train de jouer et de s'amuser à son arrivée. S'il n'était pas avec Hunt quand elle venait le chercher, ce dernier n'était jamais loin.

Pendant des semaines, Noah ne cessa de bavarder joyeusement, sur le trajet du retour, au sujet de toutes les choses amusantes qu'il faisait au Club Tahoe. Il n'y avait pas eu d'autre incident avec les plus grands — cela dit, elle n'en voulait plus au Club Kids pour la baignade forcée de Noah. Le problème était endémique : dans tous les groupes d'enfants, il y avait des accidents et des brutalités. Elle devait simplement veiller à ce que Noah bénéficie de la meilleure surveillance adulte possible, et pour l'instant, le Club Kids l'assurait. En plus, Noah était heureux ici.

Abby prit son sac à main dans son casier de vestiaire, heureuse de partir tôt pour une fois, quand Maria l'interpella.

— Alors qu'en dis-tu ? demanda-t-elle en poursuivant

leur conversation du déjeuner. Ça fait des semaines qu'on n'est pas sorties en boîte.

— Je ne sais pas. Ça ne m'intéresse pas de rencontrer des hommes. Pas avec tout ce qui se passe avec les grands-parents de Noah. Je ne vois pas trop l'intérêt de me mélanger au sexe opposé.

Maria ramena ses longs cheveux noirs sur une épaule.

— Ça fait quatre ans que Trevor est mort. Je pense que tu devrais recommencer à sortir. Ne serait-ce que pour voir de nouvelles têtes. Et si ça débouche sur autre chose (elle haussa les épaules), c'est un plus, non ? Montre à Noah à quoi ressemble une relation saine.

Abby ramassa ses clés en riant. Maria employait les grands moyens. Son amie avait envie de sortir et faire la fête, mais ce qu'elle disait n'était pas faux. Abby était dans ses plus belles années. Pourtant, elle renonçait à sa vie sociale pour préserver Noah.

— Je ne sais pas, Maria.

Trevor lui manquait. Mais la douleur aiguë de sa disparition s'était atténuée depuis que ses parents avaient entrepris de lui pourrir la vie. Elle n'en voulait pas à Trevor pour les agissements de ses parents, mais plutôt de ne pas avoir rédigé un testament à la naissance de Noah.

— Je ne veux pas donner l'occasion aux parents de Trevor de me balancer des arguments à la tête, pour prouver que je suis une mauvaise mère. Je suis sûre que si je sortais le soir, ils s'arrangeraient pour faire croire qu'il y a un défilé constant d'hommes à la maison.

Maria lui saisit les poignets.

— Abby, tu n'as pas parlé à l'avocat que je t'ai recommandé, n'est-ce pas ?

— Bien sûr que si. Tu sais combien il prend pour une consultation de trente minutes ? C'est mon budget alimentaire du mois. Je n'ai pas les moyens.

– Il existe sûrement des aides. La ville ou l'État doit apporter son soutien dans ce genre de situation.

Abby libéra ses poignets des douces mains de Maria et se frotta le front.

– Peut-être. Je ne sais pas. Si les parents de Trevor décident de m'attaquer pour obtenir la garde, j'aurais sans doute droit à une aide. Pour le moment, ils se contentent de me menacer. Et ce n'est pas comme si j'avais le temps de me pencher sur la question. Je devrais prendre un boulot supplémentaire juste pour payer les avocats.

– Raison de plus pour sortir. On n'ira pas en boîte. On ira dans un lieu respectable où on pourra parler et réfléchir à des moyens de te débarrasser de Vivian. Je suis sûre qu'en unissant nos cerveaux et nos capacités de recherche sur internet, on trouvera une idée géniale.

Abby éclata de rire.

– C'est comme ça que tu veux passer ton samedi soir ?

– Eh oui. Je ne te laisse pas tomber, ma fille. Tu as dit que Cruella gardait Noah demain soir ?

Cruella était le surnom de Vivian.

– Oui. Ils vont probablement le gaver de malbouffe jour et nuit pour qu'il soit infernal en rentrant à la maison.

– Comportement typique des grands-parents. Tu ne peux pas le reprocher à Cruella.

– Je sais bien, soupira Abby. Mais j'ai du mal à ne pas considérer tout ce qu'ils font comme un coup bas.

– Et c'est pourquoi on en discutera dans un lieu où on n'est pas obligées de chuchoter.

– Tu as raison. Je ne veux pas que Noah découvre les intentions réelles de Vivian, même s'il est intelligent. Je suis sûre qu'il sent les tensions. Je n'aime pas les magouilles de ses grands-parents, mais je veux qu'il ait une belle relation avec eux. Même si leur principal objectif en ce moment est de me virer de la photo de famille.

– Et sur cette note réjouissante, est-ce un rendez-vous ? Demain soir ?

Abby hocha la tête, mais elle n'était pas sûre que les parents de Trevor abandonneraient un jour, quelles que soient les idées géniales qu'elles trouveraient. Ils étaient extrêmement riches et influents dans la région du lac Tahoe et au-delà. Cela s'apparentait à une lutte du pot de terre contre le pot de fer.

Elle ne savait pas ce qu'elle ferait si jamais elle perdait Noah. Mais elle était prête à tout pour que cela n'arrive jamais.

———

CE N'EST que lorsque Maria se gara sur le parking du Club Tahoe qu'une alarme se déclencha dans la tête d'Abby. Elle était tellement contente de ne s'occuper de rien pendant quelques heures qu'elle n'avait pas prêté attention à la route.

– Qu'est-ce qu'on fait là ?

Maria coupa le moteur.

– J'ai réservé au Fireside Lounge. La carte du bar change souvent, et cette semaine, ils proposent un hachis de dinde aux pommes, dit-elle en remuant les sourcils. Et le cocktail en vedette est l'Island Mule.

Abby ferma les yeux et exhala lentement.

– On peut aller ailleurs ?

Maria la dévisagea, perplexe.

– Pourquoi ?

Hunt, voilà pourquoi.

– Je viens ici tous les jours déposer et récupérer Noah.

– Pour l'emmener à la garderie. Mais tu n'es jamais venue ici pour te détendre. On va s'éclater.

Maria ouvrit la portière de la voiture et sortit. Comme Abby ne descendait pas, elle passa une tête à l'intérieur.

– Ne m'oblige pas à te traîner. Parce que je le ferai. Tu as besoin de t'amuser. Même si on ne se mêle pas aux autres, tu as besoin de frayer au milieu de jeunes célibataires.

Abby détacha sa ceinture de sécurité. Elle n'avait aucune excuse valable et ne voulait pas avouer la vérité à Maria. Lui parler de Hunt, de ce qu'il avait fait pour elle, de son attirance troublante pour lui, ne ferait que donner à sa chère amie des munitions pour poser des questions gênantes.

Le Club Tahoe n'était pas qu'un lieu de rencontre pour célibataires. Beaucoup de familles et de couples y séjournaient. Ça ne pouvait pas être si horrible. En plus, quelles étaient les chances que Hunt soit là ? S'il était normal, il devait fuir le Club Tahoe après le travail.

Apparemment, Hunt n'était pas normal.

Dès qu'elles entrèrent au Fireside Lounge, Abby l'aperçut à une table au fond de la salle, entouré d'une bande d'hommes et de femmes. Et une femme était perchée sur ses genoux.

La gorge d'Abby se serra. Il était célibataire ; bien sûr, il fréquentait une autre femme. Beaucoup de femmes, très probablement.

Comme s'il sentait sa présence, Hunt leva les yeux et rougit.

– Tu es sûre que je ne peux pas te convaincre d'aller ailleurs ? supplia Abby.

Mais c'était trop tard. Maria se dirigeait déjà vers une table réservée pour deux. Juste à côté de celle de Hunt et ses amis.

Abby traversa la salle en baissant la tête. Super. Parfait.

Pourquoi était-il ici ? Il devrait être au Blue Casino, boire des verres et draguer des filles là-bas.

Comment allait-elle pouvoir se détendre si Hunt la dévisageait ? Et *pourquoi* la dévisageait-il ? C'était lui qui avait une jolie fille sur les genoux. Sa poitrine était si proche de son visage, qu'il aurait pu fourrer le nez dans son décolleté et lui embrasser les seins.

Bon sang, quelle vision d'horreur.

Abby se redressa et afficha un sourire, ignorant Hunt tandis qu'elle approchait de la table voisine de la sienne. Jusqu'à ce que Maria prenne le siège qui obligeait Abby à faire face à Hunt et à ses amis.

Elle était ici pour s'amuser et fomenter un plan contre les grands-parents de Noah. Qu'importe que Hunt soit là aussi ? Elle pouvait l'ignorer, lui et les papillons dans son ventre.

Elles commandèrent le fameux hachis de dinde et des Island Mule. Abby s'efforçait de regarder partout sauf devant elle. C'était visiblement une bande de potes. Ils riaient et passaient un bon moment. Sauf Hunt qui semblait renfrogné, sans que ses froncements de sourcils lui soient toutefois adressés.

Maintenant qu'Abby y prêtait attention (parce que bien sûr elle le regardait en douce, même si elle s'était promis de l'ignorer), elle réalisa qu'une des femmes autour de la table était la responsable du Club Kids. Abby avait rencontré Kaylee et son bébé à son retour de congé de maternité.

— Bon, j'ai réfléchi à ton problème, dit Maria, l'extirpant de ses pensées. Et si tu trouvais une colocataire pour partager les dépenses ?

— J'ai essayé il y a quelques années quand j'envisageais de finir mon diplôme d'infirmière. Tu as déjà fait passer des entretiens dans cette ville pour une colocation ? C'était dingue. La moitié des candidats étaient défoncés et l'autre moitié était trop jeune.

– Abby, tu n'as même pas trente ans.

– Je sais, mais je pourrais aussi bien avoir quarante-cinq ans. Je ne suis pas une fêtarde, je ne me drogue pas et il faut que je pense à mon enfant. Il est hors de question que je laisse entrer chez moi quelqu'un d'un peu chelou.

La bouche de Maria se tordit.

– Ça crée une difficulté intéressante. Je pourrais toujours déménager et…

– Non, la coupa Abby. Tu adores ton appart. Et tu as gagné à la loterie avec ta coloc.

– C'est vrai. Mais qu'est-ce que tu vas faire ? Cruella te met la pression. Chaque semaine, tu me racontes une nouvelle saloperie qu'elle t'a faite.

Abby enfonça le visage dans les mains.

– Je ne sais pas.

Son pouls s'accéléra dans ses tempes à la mention de Vivian, alias Cruella. Elle leva la tête pour demander un verre d'eau à la serveuse, et vit Hunt passer devant leur table avec la fille assise sur ses genoux quelques minutes plus tôt.

C'était un animateur du Club Kids qu'elle connaissait à peine. Il était sympa avec son fils, d'accord, mais à part ça ? Elle devrait s'en foutre. Elle devrait vraiment, vraiment s'en foutre.

Maria suivit son regard.

– Tu sais qui c'est, n'est-ce pas ?

Abby but le verre d'eau que la serveuse avait posé sur la table.

– Un des types qu'on a rencontrés au Blue Casino.

– Non, je veux dire : qui il est *vraiment*. C'est un Cade, l'un des hommes les plus riches de la ville. Peut-être même de l'état.

Abby secoua vivement la tête.

– De quoi tu parles ?

– Hunt Cade. Le mec avec qui tu flirtais au club du Blue Casino. Ses frères et lui possèdent cet endroit.

– Il est *propriétaire* du Club Tahoe ? siffla Abby d'une voix suraigüe.

– Je pensais que tu le savais le soir où on l'a rencontré.

Abby fixa Maria d'un air exaspéré.

– Comment aurais-je pu le savoir ? Tu m'as traînée dehors parce que je ne sors jamais.

Maria grimaça.

– Désolée. Tu as raison. Tu vis dans l'isolement. Bref, dit-elle en lui faisant un clin d'œil. C'est un mec canon et un chaud lapin à ce qu'on dit. (Elle mata le cul de Hunt tandis qu'il quittait le bar avec la fille.) Je le croquerais bien. En fait, j'ai cru que tu allais te le faire. Si j'avais su que tu n'étais pas intéressée, j'aurais inversé les partenaires. Je me suis retenue parce que j'ai eu l'impression qu'il y avait une certaine alchimie entre vous.

– Nan, pas d'alchimie.

Mensonge. Mais pas question qu'Abby avoue l'invasion de papillons due à proximité de Hunt.

Évidemment, Hunt était un dragueur. Mais il ne se comportait pas comme ça avec elle — enfin, pas depuis le premier soir. Il s'était montré au contraire attentif et gentil envers elle et Noah.

– Sérieusement, c'est le propriétaire de cet endroit ?

Maria opina.

Ça expliquait pourquoi il traînait ici après le travail. Il n'était pas que l'animateur ou le responsable du Club Kids, comme elle l'avait cru. Il avait un intérêt dans le succès du Club Tahoe.

– Ce sont ses frères ?

Maria jeta un coup d'œil derrière elle.

— Je pense. Je ne les ai jamais rencontrés, mais ils se ressemblent, non ? Et ils sont sexy, comme Hunt. Mais tous maqués, ajouta-t-elle en faisant la moue. Hunt est le seul célibataire. Aucune femme n'a été capable de le retenir, même une semaine.

Génial, et c'était le mec qu'admirait le fils d'Abby.

— Hum, chantonna Maria.

— Quoi ?

— Hunt Cade, grand séducteur devant l'éternel, vient de revenir dans le bar. Seul, dit-elle en remuant les sourcils. Tu es sûre qu'il n'y a aucune alchimie entre vous ?

Chapitre Dix

Ses frères étaient des abrutis.

— Tu ne l'as pas ramenée chez elle ?

La question émanait de Bran, le moine. Enfin, avant qu'il ne rencontre Ireland. Aujourd'hui, il n'était plus si ascétique.

— Qu'est-ce qui se passe ? demanda Wes à sa femme, Kaylee. Tu bosses avec Hunt. Il est malade ?

— Pas à ma connaissance. Hunt n'a jamais dit non à une femme ?

— Jamais, répondirent en chœur ses quatre crétins de frères.

— Ça suffit, dit Hunt en roulant des yeux. Je n'étais pas d'humeur.

— Elle te branchait il y a une heure, fit remarquer Levi. Et si je ne me trompe pas, c'est une fille avec qui je t'ai déjà vu. C'est parce que tu l'as déjà sautée, c'est ça ?

— Non, grogna Hunt.

Même s'il est vrai qu'il évitait de coucher deux fois avec la même fille, mais cela n'avait rien de salaud. Bien au contraire.

Hunt voulait que les femmes soient heureuses avec lui. S'il sortait plus d'une fois avec une fille, elle risquait de se faire des idées. Et cela ruinerait les efforts qu'il faisait pour qu'elle se sente bien. Il préférait ne pas gâcher un moment agréable. Pourtant, il avait envisagé de remettre le couvert avec Carrie ce soir. Ce qui était étrange.

Carrie était arrivée vers lui l'air de rien dès qu'il avait mis le pied dans le bar, et elle avait squatté ses genoux. Elle était belle et intelligente, d'où l'idée d'un deuxième round, parce que mince, il n'était plus si jeune.

Être entouré de gamins et de familles devait déteindre sur lui. Et il avait besoin de distraire son esprit d'une certaine maman du club à qui il ne cessait de penser.

Carrie avait mis le paquet ce soir, et il avait du mal à éconduire une dame. Cela allait à l'encontre de son désir de les protéger, et leur procurer du plaisir. En général, il s'éclipsait à la vue d'une ancienne conquête, mais Carrie l'avait pris au dépourvu, et il n'avait pas eu la force de résister.

Jusqu'à l'arrivée d'Abby.

Que faisait-elle dans cet endroit ? À l'entendre, elle ne sortait jamais. Pourtant elle était ici, avec la même copine qu'au club du Blue Casino.

Pour autant que Hunt le sache, c'était la première fois qu'Abby venait au Fireside Lounge. Le bar de l'hôtel était l'un de ses lieux de prédilection, et il ne l'y avait jamais croisée. Mais ce soir, au moment même où Hunt envisageait d'enfreindre la règle d'une seule nuit par femme, Abby avait débarqué dans le bar et ruiné ses plans.

Il n'arrivait pas à se concentrer. Encore moins sur la belle fille assise sur ses genoux. Abby, à la table voisine, avait monopolisé toute son attention. Elle avait les cheveux relevés dans un chignon lâche ; des mèches folles qu'elle ne cessait de glisser derrière ses oreilles délicates lui encadraient le visage.

Oreilles délicates ?

Hunt ne prêtait pas attention aux oreilles féminines. Il se fichait qu'elles soient grandes ou petites. Quelle importance ? On ne pouvait pas réduire une femme à ses oreilles. Mais il remarquait tout chez *cette* femme.

Savait-elle l'effet qu'elle lui faisait ?

Probablement pas. Elle ne semblait pas avoir conscience de sa beauté. Abby ne s'habillait jamais pour impressionner. Elle devait penser que personne ne remarquerait ses oreilles, ses yeux ou son joli cul rond et ferme qui tiendrait parfaitement dans la paume de sa main.

Hunt fronça les sourcils. Il pensait constamment à Abby et ça le gonflait sérieusement. C'était une *maman*. Il ne sortait pas avec des mamans. Elles avaient besoin de plus que ce qu'il était prêt à offrir, et il connaissait ses limites.

Mais curieusement, son corps et son esprit n'étaient pas à l'unisson. Car il se leva et se dirigea vers Abby, ignorant les chuchotements de ses frères dans son dos et l'ordre de son cerveau logique de reposer son cul sur la chaise.

– Salut, dit-il souriant à Abby et son amie. Ça me fait plaisir de vous voir toutes les deux ici.

– Une nouvelle technique de drague ? demanda Abby.

– Je n'oserais pas.

Il tira une chaise et s'assit à leur table.

– Je m'appelle Maria, au fait.

Son amie se pencha en avant et regarda derrière son épaule.

– Ce sont tes frères ? demanda-t-elle.

– D'après ma mère, grommela-t-il.

En général, Hunt ne rechignait pas à répondre aux

questions sur sa fratrie. Il n'avait rien à cacher. Mais pas ce soir. Ce soir, ses frères l'emmerdaient.

– Maria me disait justement que tu es le propriétaire du Club Tahoe, dit Abby d'un ton accusateur.

– Copropriétaire, corrigea-t-il. Je le partage avec mes frères. Il y a un problème ?

Elle pinça ses lèvres charnues.

– Tu aurais pu me le dire.

Hunt se gratta la tête. Qu'avait-il encore fait de mal ?

– Je ne l'ai pas précisé parce que la plupart des gens le savent déjà. Le Club Tahoe appartenait à mon père.

Maria lui adressa un regard de sympathie.

– Oh, j'ai appris. Toutes mes condoléances.

Hunt pianota sur la table en sondant le regard perplexe d'Abby.

– Mon père est mort il y a deux ans. Il nous a légué le Club Tahoe, à mes frères et moi.

– Je suis désolée, dit Abby.

Il haussa les épaules.

– C'était il y a longtemps, et on n'était pas proches.

Maria se leva et fit un geste en direction du bar.

– Je crois que je vais aller consulter la carte, dit-elle en s'éloignant.

Elle leur laissait un peu d'intimité, et il n'était pas sûr de le vouloir. Certes, il souhaitait être seul avec Abby, mais il savait que c'était une mauvaise idée.

– Pourtant, tu as un don avec les enfants… dit-elle.

Il arqua un sourcil.

– Et ça veut dire ?

– Si tu n'étais pas proche de ton père, comment peux-tu être si doué avec les enfants ? (Elle se tordit les mains.) Enfin, je veux dire… ou je ne veux pas dire que…

Il décida de venir à sa rescousse.

– Je ne veux pas être comme mon père. Les enfants

sont importants à mes yeux. Ils ont besoin d'attention et de soutien.

Elle sembla surprise, puis elle lui lança une œillade insolente.

– C'est intéressant que tu dises ça. J'ai entendu dire que ton attitude avec les femmes est très différente de ton attitude avec les enfants. Il paraît que tu es allergique aux relations amoureuses.

– Aïe, dit-il avec un sourire forcé.

C'était la première fois qu'une personne extérieure à sa fratrie lui adressait ce genre de commentaire piquant.

– Heureusement qu'il ne s'est rien passé le soir de notre rencontre, dit-elle.

Il fronça les sourcils. Qu'est-ce qu'elle insinuait ?

– Je suis un mec bien.

Elle laissa échapper un soupir.

– Je suis sûre que tu es quelqu'un de bien. Et tu es très gentil avec Noah. Mais les hommes bienveillants s'engagent quand ils aiment une femme.

Elle tournait autour de pot. De quoi parlait-elle ?

– Je n'ai peut-être pas encore rencontré la bonne ?

Elle chassa son propos d'un revers de la main et avala une grande gorgée de son cocktail. Island Mule, s'il ne se trompait pas.

– C'est ce qu'ils disent tous.

On l'avait traité de dragueur. Très souvent. Mais bizarrement, il n'aimait pas cette insinuation venant d'elle.

– Un type t'a blessée et maintenant, tu détestes tous les hommes ?

Elle le fusilla, et ses bourses se ratatinèrent.

Merde. Note à moi-même : Abby a un regard méchant très flippant.

– Pourquoi on accuse les femmes de misandrie quand elles dénoncent de mauvais comportements masculins ? Je ne déteste pas les hommes. J'ai un fils, pour l'amour du ciel. Mais les hommes s'en sortent trop facilement, et on rejette la faute sur les femmes.

— J'en déduis qu'un homme t'a traitée comme de la merde.

Elle soupira et son regard méchant s'adoucit.

— Trevor, le père de Noah, était un chic type. Il ne m'a jamais trompée. Mais il était irresponsable.

— Il ne t'a pas épousée quand tu es tombée enceinte.

Les épaules d'Abby se tendirent.

— Non… Oui… C'est plus grave. Il pensait avoir tout le temps de m'épouser, de nous mettre à l'abri. Mais en fait, non.

Hunt comprenait. Elle travaillait comme une dingue pour subvenir aux besoins de Noah. Sans parler de ses confidences sur les grands-parents de Noah. Le père de Noah n'avait pas pensé à l'avenir.

Beaucoup jugeaient Hunt irresponsable, mais ils se trompaient. S'il avait un enfant, il s'en occuperait, point barre. Il ne laisserait rien au hasard comme l'avait fait le père de Noah.

— Ne reproche pas à tous les hommes l'erreur d'un seul.

Elle leva les yeux au ciel.

— Je ne pense pas aux hommes, encore moins à reprocher des choses à ceux que je connais à peine.

— Tu en es sûre ?

Son regard dévia vers le bar, où Maria discutait avec un type plutôt pas mal.

— Je dois y aller. Les grands-parents de Noah ont annulé à la dernière minute et j'ai dû trouver une baby-sitter. Je veux m'assurer qu'il dort bien.

Il était tôt, selon les critères de Hunt. C'est pour cela qu'il évitait les mamans. Elles avaient des responsabilités pour lesquelles il n'était pas prêt. Il serait un bon père le moment venu, mais maintenant ? Impossible de s'imaginer en père.

Hunt leva le menton.

– Tu n'as pas mangé.

Abby jeta un coup d'œil vers le bar où son assiette était posée devant Maria.

– Je vais l'emporter chez moi.

Elle se leva, et lui aussi. Elle se tordit les mains.

– Hunt, j'apprécie ta gentillesse envers Noah, mais je préfère que tu ne sois pas trop proche de lui.

Quoi ?

– Noah est un garçon affectueux, et il vient au club depuis longtemps. C'est normal que je le connaisse mieux que les autres enfants, mais je le traite exactement comme eux.

Elle lui jeta un regard noir.

– Enfin, le plus souvent.

– Je ne veux pas qu'il s'attache trop à toi, dit-elle. Il souffrirait si tu partais soudainement.

Il s'approcha d'elle, sentant un courant électrique passer entre eux au même moment. La proximité de leurs corps faisait des étincelles comme au Blue Casino, et comme chaque fois qu'il frôlait cette femme. Il n'avait pas ressenti cet embrasement quand Carrie se frottait sur ses genoux. Mais Abby se trouvait à trente centimètres et il voulait traverser le champ magnétique et la serrer contre lui.

– D'où tu sors ça ? Je ne m'en vais nulle part.

Elle replaça une mèche folle derrière son oreille.

– Peut-être pas. Je n'en sais rien. Mais maintenant que je connais ta réputation, je pense que c'est mieux.

Son sang ne fit qu'un tour.

– Pour qui ? Noah ? Ou c'est mieux pour toi ?

Ses yeux s'arrondirent et elle déglutit.

– Je ferais mieux d'y aller, dit-elle en marchant vers Maria.

Hunt soupira lentement. Il n'avait jamais été aussi furieux contre une femme de sa vie. Pas même contre Lisa. Abby le jugeait sans qu'il n'ait commis la moindre faute et elle voulait l'empêcher d'être proche de Noah. Il avait du mal à l'accepter.

Se tenir à distance de Noah et d'Abby… Ça ne lui plaisait pas. Pas du tout.

Dans sa tentative de rendre toutes les femmes heureuses, il avait réussi à faire fuir la seule femme dont il souhaitait se rapprocher.

Chapitre Onze

— Où est-il ?

Abby fouilla toute la maison en appelant son fils, regardant même sous les tables et les lits dans l'espoir de le trouver.

La baby-sitter, confuse, balayait la pièce des yeux.

— Je me suis endormie, s'excusa-t-elle inutilement.

En rentrant du Fireside Lounge, Abby avait trouvé la jeune fille endormie sur le canapé. Elle avait un sommeil de plomb, et son arrivée ne l'avait pas réveillée. Il était plus de onze heures et elle ne la blâmait pas de s'être assoupie. Mais quand elle se rendit dans la chambre de Noah, il n'était pas dans son lit. Une peur panique s'était emparée d'elle.

Le cœur d'Abby battait à tout rompre, l'angoisse lui comprimant la poitrine.

— Où est mon fils ?

Les yeux de la jeune fille étaient si ronds qu'ils semblaient prêts à jaillir de leurs orbites.

— Je l'ai couché il y a plusieurs heures. Il allait bien, je le jure.

Abby s'effondra sur le canapé et se prit la tête entre les mains, se balançant d'avant en arrière. *Oh mon Dieu, oh mon Dieu.* Elle devait appeler la police. Ratisser le quartier. Continuer de fouiller la maison.

Elle se leva et tourna en rond, raide comme un piquet. Elle avait déjà vérifié chaque recoin de la maison. Dehors… Elle devait chercher dehors et appeler la police.

Abby prit une lampe-torche dans le tiroir fourre-tout et se précipita vers la porte. Il y avait des ours à Tahoe, et d'autres animaux des montagnes. Elle devait trouver Noah. *Tout de suite…*

– Votre téléphone sonne, dit la baby-sitter, mais Abby l'ignora.

Elle pressa les doigts sur ses tempes.

– Prends une lampe électrique et aide-moi à le chercher.

La jeune fille prit une lampe dans le tiroir d'où Abby avait sorti la sienne. Elle s'arrêta pour ramasser le téléphone d'Abby.

– Il sonne encore. C'est peut-être Noah.

– Noah n'a pas de téléphone.

– Mais…

Abby finit par regarder l'écran. C'était Vivian.

Si elle ne répondait pas, Vivian se demanderait où elle était et imaginerait le pire, juste parce qu'elle avait manqué un appel. Elle appuya sur la touche pour décrocher, se précipita dehors et dévala les marches.

– Je ne peux pas parler maintenant, Vivian.

– Il ne te manque rien ?

Abby se figea.

– Quoi ?

– Je suis passée ce soir voir si Noah allait bien, et cette baby-sitter que tu as engagée était tellement droguée qu'elle ne s'est même pas réveillée. J'ai emmené mon petit-fils par sécurité.

– Vous avez fait *quoi* ?

Abby fit un tour sur elle-même et s'agrippa la tête. Qu'est-ce qui clochait chez cette femme ?

– Vous n'aviez pas le droit ! s'écria Abby. Vous imaginez ma terreur en découvrant que Noah avait disparu ?

Vivian ignora la question.

– Tu peux à peine conserver un emploi, et maintenant tu engages des drogués pour garder mon petit-fils chéri. Je ne peux pas laisser ce cirque continuer plus longtemps.

Et elle raccrocha.

Abby fixa son téléphone. Qu'est-ce qu'elle voulait dire ?

Elle se tourna vers la baby-sitter.

– Pourquoi tu ne t'es pas réveillée à mon arrivée ?

La jeune fille parut horrifiée.

– Ma mère dit toujours que j'ai un sommeil de plomb. Je ne vous ai pas entendue. Je suis désolée. Noah va bien ?

– Sa grand-mère est passée sous ton nez et l'a emmené pendant que tu dormais. Et si ça avait été un étranger ?

La fille secoua la tête.

– Mais la porte était fermée à clé. Je l'ai verrouillée après votre départ.

Abby rentra dans la maison et rangea la lampe-torche dans le tiroir.

– Vivian a une clé.

Elle ferma les yeux. Après la mort de Trevor et son emménagement dans un endroit plus petit, elle avait bêtement donné une clé à Vivian, pensant que ce serait utile pour Noah. Elle n'imaginait pas à l'époque que Vivian s'en servirait contre elle.

La baby-sitter changeait de jambe d'appui, mal à l'aise.

– Vous n'avez pas à me payer. C'est ma faute.

– Tu te drogues ?

Elle avait besoin de savoir si les accusations de Vivian étaient vraies, même si elle en doutait. Sa baby-sitter était une adolescente studieuse, la fille d'un médecin avec qui elle travaillait.

– Non ! Jamais. Je dors vraiment comme un loir. Demandez à maman.

Abby sortit un billet de son porte-monnaie et le tendit à la jeune fille.

– Ce n'est pas ta faute. Tu as fermé la porte. La grand-mère de Noah aurait dû te réveiller en entrant dans la maison.

La baby-sitter prit son sac et se dirigea vers la porte.

– Je suis vraiment désolée, dit-elle avant de sortir.

Abby s'effondra dans le canapé et se couvrit le visage. Vivian fourbissait ses armes depuis des années pour lui enlever Noah, et cette soirée était accablante. Comment Abby avait-elle pu croire possible d'avoir une vie en dehors du travail avec une harpie comme Vivian sur le dos ?

Les larmes dévalèrent ses joues. Elle était soulagée que son fils aille bien, mais la peur lui glaçait le sang quand elle songeait jusqu'où Vivian était capable d'aller.

———

Ce jour-là, Noah n'était pas venu au Club Kids, et Hunt apprit par Kaylee qu'il y avait un problème familial.

Quel problème ? Était-ce vrai ou Abby mettait-elle de la distance entre eux ?

Il arpenta le ponton de long en large, puis il prit une décision.

C'était ridicule. Hunt ne ferait jamais de mal à Noah. Et si Abby ne ressentait pas l'alchimie qu'il y avait entre eux, il la laisserait tranquille, sans problème. En fait, il avait eu raison de ne pas montrer son attirance pour elle depuis la soirée au club, où elle lui avait fait comprendre qu'elle n'était pas intéressée. Elle n'avait aucune raison d'avoir peur de lui et il allait le lui dire.

Hunt demanda à Bran de le remplacer sur l'excursion en bateau prévue pour midi (ce qui fit pester Bran, mais peu importe), puis il regagna la salle de jeu du Club Kids.

Abby lui avait demandé de garder ses distances, mais c'était peine perdue. Il ne pouvait pas rester là à regarder Noah et Abby se débattre alors qu'il avait la possibilité de les aider. Le moins qu'il pouvait lui offrir, c'était son amitié.

— Noah a oublié sa gourde, dit-il à Kaylee. Je vais la déposer chez lui en allant faire les courses.

Véridique. Noah avait oublié sa gourde. Mais il n'était pas courant de rapporter les objets perdus à domicile.

Kaylee fronça les sourcils, et Harlow tendit les bras pour qu'il la prenne. Il sourit à sa nièce et embrassa sa petite main.

— Noah la prendra demain, dit Kaylee. Tu n'as pas besoin de faire un détour.

— Ça ne me dérange pas. C'est sur mon chemin.

Kaylee n'était pas dupe.

— Hunt, qu'est-ce qui t'arrive ? J'ai vu comment tu regardais Abby l'autre soir. Il ne s'agit pas que d'aider Noah.

— C'est une fille sympa et elle a besoin de notre soutien. Comme je serai dans son quartier, je peux passer sans souci.

Kaylee se tordit la bouche.

— Très bien, mais je lui envoie un texto pour l'informer qu'une personne du club va déposer la gourde de Noah. Je ne veux pas abuser.

– Bonne idée, dit-il en déposant un baiser sur la joue potelée de Harlow. Je te vois plus tard.

– Hunt, dit Kaylee au moment où il partait. Fais attention. C'est une maman stressée. S'il te plaît, n'aggrave pas les choses.

– Pourquoi j'aggraverais les choses ?

– Parce que tu es Hunt ? Amoureux des femmes du monde entier…

Il sourit.

– Exactement. Je suis un amoureux, pas un guerrier.

Kaylee soupira.

– Pitié, ne sors pas avec les clientes. Le club commence tout juste à faire de bénéfices depuis que vous l'avez repris. Ne ruine pas les efforts de la famille.

Il secoua la tête.

– Femme de peu de foi.

Il s'efforça de sourire, mais son commentaire le vexa. Sa famille ne lui faisait pas confiance. Pas du tout. Ils le considéraient comme un abruti irresponsable.

Il n'était pas irresponsable. Un abruti ? Ouais, peut-être, parfois. Aux yeux de ses frères. Mais quand il s'agissait de se comporter en homme, il était là. Il n'avait pas eu l'occasion de le faire dernièrement, c'est tout. Disons, depuis une dizaine d'années.

Mais Hunt avait l'intuition que, si quelqu'un avait besoin qu'il se comporte en homme, c'était Abby et Noah.

Chapitre Douze

Hunt vérifia l'adresse qu'il avait trouvée dans l'ordinateur du Club Kids, et contempla le petit chalet coincé entre deux immeubles d'habitation. C'était l'un des endroits les plus miteux de la ville, à proximité des casinos, avec une forte rotation des locataires.

Il sortit de sa Range Rover et enfonça la gourde de Noah dans la poche arrière de son jean. L'endroit était assez calme, des pins se dressaient entre les immeubles, mais mince, sa cabane était vraiment petite. Pas de garage ni d'abri voiture, juste une structure carrée qui ne pouvait pas avoir plus d'une chambre, avec un toit pentu et dont la peinture extérieure était écaillée.

Hunt monta les marches en petite foulée. Un pot de fleurs rouges et violettes en plastique ornait le perron. Posé ici pour égayer le chalet sommaire ?

Il frappa et attendit. Il allait toquer à nouveau quand la porte s'ouvrit lentement.

Abby passa la tête dehors, des cernes noirs sous les yeux, ses longs cheveux ondulés lui tombant sur les épaules.

Elle ne portait pas de blouse pour une fois, mais un t-shirt large et un jean.

— Hunt ?

— Salut. Tu as eu le message de Kaylee ?

— Message ?

Abby avait l'air sonnée. Elle ouvrit la porte en grand, et fit demi-tour.

Hunt hésita un instant, puis il la suivit à l'intérieur.

Elle se dirigea vers le comptoir de la petite cuisine ouverte et prit son téléphone.

— Je n'ai pas consulté mes messages ces dernières heures, dit-elle en les faisant défiler à l'écran. C'était inutile de venir jusqu'ici pour déposer la gourde de Noah.

Le tremblement de sa voix en prononçant le prénom de son fils fit tiquer Hunt.

— Tout va bien ?

Non, visiblement. Elle avait le regard vitreux et les yeux rouges comme si elle avait pleuré. C'est pour cela qu'il était venu. Il s'était inquiété de ne pas voir Noah ce matin.

Il était souvent le premier à arriver et le dernier à partir. Depuis que Noah venait au Club Kids, Hunt ne l'avait pas vu malade une seule fois. Quelque chose n'allait pas.

— Où est Noah ?

Abby ferma les yeux, et à ce moment-là, le barrage se rompit. Elle se couvrit le visage, les épaules secouées de spasmes. Elle traversa la pièce et s'effondra sur le canapé.

— Parti.

Hunt s'assit à côté d'elle, la mâchoire crispée.

— Parti où ?

Elle ne voulait pas montrer son visage, mais Hunt lui écarta doucement les mains pour voir ses yeux.

— Que s'est-il passé ?

Abby essuya les larmes sur ses joues.

– Samedi soir, la grand-mère de Noah, est passée quand j'étais au Fireside Lounge. Elle l'a emmené.

– Emmené ? Emmené où ?

Elle baissa les yeux.

– Vivian, la grand-mère de Noah, a appelé les services de protection de l'enfance, et déclaré que j'étais sortie faire la fête en laissant mon fils sans surveillance adéquate.

– Quoi ? rugit Hunt.

Elle se mordit la lèvre.

– Vivian a une clé de chez moi. Elle est entrée alors que la baby-sitter dormait et elle a pris Noah. Elle a dit aux services sociaux que je faisais garder mon fils par une droguée. Ce n'est pas la première fois qu'elle les appelle. Elle le fait chaque fois qu'elle pense avoir un argument contre moi. Et maintenant, les services de l'enfance ont ouvert une enquête. Je ne peux pas reprendre Noah à Vivian tant que je n'aurai pas suivi certaines procédures et prouvé qu'il est en sécurité avec moi.

Hunt se passa une main dans les cheveux.

– C'est quoi le problème avec la grand-mère ?

Le visage d'Abby se tordit de douleur.

– Elle veut à tout prix obtenir la garde de Noah. Elle n'y renoncera pas. Je ne sais pas quoi faire. J'ai essayé d'être irréprochable. De subvenir aux besoins de mon fils. Mais je ne peux pas me battre contre les parents de Trevor. Ils sont trop riches. Trop influents.

Quel genre de grands-parents enlèverait un enfant à sa mère ? Et une bonne mère en plus, pas un parent négligent.

Abby le regarda d'un air désespéré.

– Je dois le récupérer.

– Tu vas le récupérer.

Hunt avait déjà mis son cerveau en marche à la recherche de solutions.

On frappa à la porte et Abby sursauta.

— Tu attends quelqu'un ?

— Non. Je ne t'attendais même pas.

Elle se leva pour aller ouvrir, passant une tête hésitante à l'extérieur comme elle l'avait fait à son arrivée.

— Vivian ?

La grand-mère ? Hunt se leva, son instinct de protection surgissant en force. *Reste calme*, se dit-il.

— Bonjour, Abby. (Elle vit Hunt dans la pièce et plissa les yeux.) Je vois que tu as de la compagnie, dit-elle d'un ton moqueur.

Et puis merde. Hunt s'approcha et se posta à côté d'Abby.

— Je peux entrer ? demanda Vivian.

— Comment va Noah ? dit Abby en la laissant passer.

— Il s'épanouit. Il adore passer du temps avec son grand-père et moi.

— Que lui avez-vous dit ? Pour lui expliquer pourquoi il reste chez vous ?

— Ne t'inquiète pas, dit Vivian. Je n'ai pas mentionné ton incapacité à t'occuper de lui. Pas encore.

Abby serra les poings.

— Vivian, ne faites pas ça, s'il vous plaît. J'aime mon fils. Il n'y a rien que je désire plus que de m'occuper de lui et de l'élever d'une manière dont Trevor serait fier.

Vivian leva la tête et dévisagea Hunt.

— Comment peux-tu faire ça quand tu es dehors à batifoler avec des hommes ? Je suis sûre que Trevor n'approuverait pas.

— Je sors rarement.

— Elle n'en a pas besoin, intervint Hunt.

Abby lui lança un regard inquiet.

Elle avait besoin de lui. Et il était prêt à la défendre.

– Oh ? s'étonna Vivian. Et qui êtes-vous ?

Abby ouvrit la bouche pour répondre, mais Hunt fut plus rapide.

– Son fiancé.

Chapitre Treize

Les yeux ronds comme des soucoupes, Abby dévisagea Hunt.

— Ton fiancé ? s'étonna Vivian en regardant Abby. Eh bien, tu n'as pas perdu de temps.

Abby se frotta le visage.

— Ce n'est pas ça.

— Pourquoi êtes-vous venue ici ? s'enquit Hunt.

Vivian sourit avec mépris, puis se reprit.

— Pour prendre la couverture préférée de mon petit-fils. Il semble avoir du mal à dormir sans elle.

Abby se raidit.

— Il ne dort pas ? Vous m'avez dit qu'il allait bien.

Vivian agita la main.

— Il va bien. Il a juste un peu de mal à se calmer le soir.

Abby se mit à faire les cent pas.

Hunt posa la main sur son bras et l'entraîna sur le côté.

— Va chercher sa couverture et vire Vivian, chuchota-t-il.

— Qu'est-ce qui t'as pris de lui dire que tu étais mon

fiancé ? Tu n'as pas conscience des répercussions. Vivian va l'utiliser contre moi.

— Qu'elle essaie.

— Hunt, gémit-elle.

Il mit les mains sur ses frêles épaules. Elle n'était pas petite, mais elle paraissait menue à côté de lui.

— Écoute-moi. Je ne laisserai pas cette femme t'enlever Noah. Tu me fais confiance ?

— Je te connais à peine, répondit-elle de but en blanc.

— Mais je connais Noah. Et tu sais que je ferais n'importe quoi pour le protéger.

Elle hésita. Le regarda longuement dans les yeux sans rien dire. Puis hocha la tête.

À vrai dire, quel choix avait-elle ? Les grands-parents de Noah sortaient l'artillerie lourde pour obtenir sa garde. Abby avait besoin de soutien. Un soutien qu'il pouvait lui offrir.

— Va chercher les affaires de Noah. Je surveille la grand-mère.

Abby roula des yeux.

— Elle ne va pas me cambrioler.

Il jeta un coup d'œil vers l'entrée où se tenait Vivian.

— Non, mais elle est rusée. Je me méfie d'elle. Pas toi ?

— Bien vu. Mais je t'en supplie, ne dis rien qui risquerait d'aggraver la situation.

Il sourit.

— Tu m'en crois capable ?

— Oui.

— Tu as dit que tu me faisais confiance.

— Seulement parce que je suis désespérée, dit-elle.

— Ça me va. T'inquiète, je te couvre. Fais vite, dit-il en la poussant doucement en direction du couloir.

Dès qu'Abby disparut derrière l'une des trois portes du couloir, Vivian fondit sur Hunt.

— Fiancé, vous dites ? Depuis combien de temps ?

— C'est récent. (*Vrai.*) Mais je connais votre petit-fils depuis un an, et j'ai bien l'intention de m'occuper de lui et de sa maman.

Vivian pouffa.

— Elle va perdre la garde de Noah, si vous n'êtes pas au courant. Elle est incapable de s'occuper correctement de mon petit-fils.

Hunt doutait qu'Abby perde la garde de Noah, et il savait très bien qu'Abby était une bonne mère.

Sa tension augmenta et il inspira à fond pour se calmer. Inutile de s'énerver contre cette femme. Pas maintenant. Il devait faire les choses dans les règles pour le bien d'Abby et de Noah.

Abby revint en tenant une couverture et d'autres affaires. Elle les remit avec soin à Vivian.

— Vous direz à Noah que je l'appellerai ce soir ?

Vivian pinça les lèvres.

— Si tu le juges nécessaire.

— C'est sa mère, répondit Hunt. C'est nécessaire.

Vivian l'étudia.

— Je ne suis pas sûre que les services sociaux seraient d'accord.

Hunt ouvrit la porte et s'écarta pour inviter Vivian à sortir.

— Notre avocat vous contactera au sujet des fausses accusations que vous portez contre ma fiancée.

La bouche de Vivian s'ouvrit, et son expression se durcit.

— C'est ce qu'on verra.

Elle sortit du chalet et se dirigea rapidement vers une Lexus flambant neuve.

Hunt referma la porte en poussant un soupir de soulagement.

Abby lui frappa l'épaule.

– Qu'est-ce que tu fais ?

Il se frotta le bras.

– Je récupère Noah.

– En mentant à sa grand-mère ? Tu ne crois pas qu'elle va découvrir qu'en fait, on ne va pas se marier ?

Hunt se dirigea vers le canapé où il se posa.

– Écoute-moi.

Elle le suivit et s'assit en laissant soixante centimètres entre eux.

– Je n'ai pas besoin de problèmes supplémentaires, Hunt.

– Et si ce n'était pas des problèmes ? Si on se marie, tu auras mon nom et mon pouvoir d'influence local pour te défendre.

– As-tu perdu la tête ? Le coup du fiancé pour faire partir Vivian, d'accord. Mais un vrai mariage ? Ça ne fera pas revenir mon fils. Pas si Vivian découvre qu'on ment. Et tu as reconnu toi-même avoir un sacré passé de séducteur.

Merde, l'argument était valable.

– Même les séducteurs se casent un jour.

– Es-tu sérieusement en train de dire que tu veux m'épouser pour m'aider à récupérer Noah ?

– Oui.

Et aussi parce qu'il voulait aider Abby. Elle l'attirait, et l'idée de se marier, si c'était avec elle, ne lui semblait pas désagréable.

Elle le fixa pendant ce qui lui sembla vingt minutes — plutôt deux en réalité.

– J'ai besoin d'y réfléchir.

– Réfléchis vite. Je veux prendre un avocat, et si on est fiancés, mon implication au sujet de la garde de Noah aura plus de sens.

Abby se frotta le front.

– Je n'ai pas les moyens de payer un avocat.

– Moi si.

Elle ferma les yeux.

– Mais bon sang, quel est l'intérêt pour toi ?

– En apparence aucun, sinon aider une mère et un gamin que j'aime bien.

– Moi ? Tu m'aimes bien ?

Il hocha la tête.

Il n'était pas sûr de ce qu'il aimait chez Abby – peut-être un peu de tout –, mais Hunt était attiré par elle comme il ne l'avait jamais été par aucune femme. Il n'avait pas imaginé aller aussi loin pour les aider, Noah et elle, mais dès qu'il avait rencontré la diabolique Vivian, il avait compris qu'ils avaient besoin de lui. Ce que faisait la grand-mère était terrible et Hunt avait les moyens de l'arrêter.

– Ça peut être un mariage blanc.

Hunt voulait plus que ça avec Abby, mais il ne la force-rait jamais. Toutefois, si les choses se faisaient naturelle-ment… à quoi bon lutter contre la nature ?

– Que se passera-t-il quand tu sortiras avec d'autres femmes ?

Il haussa les épaules.

– Je ne le ferai pas.

Elle le regarda comme s'il était fou.

– Tu es prêt à renoncer aux femmes, à payer un avocat et à te marier, juste pour m'aider ?

Il ne voulait pas imaginer jusqu'où il était prêt à aller pour protéger Abby et Noah, car il ne pouvait pas l'ex-pliquer.

– Oui. Jusqu'à ce que tu récupères ton fils et que le problème de la garde soit définitivement réglé. Je veux aussi m'assurer que Noah et toi soyez bien installés. Mes frères et moi avons hérité de la fortune de notre père. J'avais l'intention de l'utiliser à bon escient.

Elle rit et secoua la tête avec incrédulité.

— L'argent te brûle les doigts à ce point ?

Ça paraissait fou, mais comme il n'arrivait pas à s'expliquer à lui-même ce besoin de l'aider, il pouvait encore moins lui expliquer à elle.

—Écoute, j'ai suffisamment d'argent sur mon compte pour vous aider Noah et toi, ainsi qu'une dizaine d'autres familles. On signera un contrat de mariage si ça te met plus à l'aise.

— Sauf qu'on fera chambre à part et qu'on ne consommera pas le mariage.

Hunt faillit s'étrangler. À vrai dire, il aimerait consommer le mariage. Merde, il voudrait même consommer les fiançailles. Mais plus que tout, il voulait mettre Abby et Noah en sécurité.

— Très bien. Si c'est ce que tu veux.

Elle fronça les sourcils.

— Ce n'est pas un stratagème pour me mettre dans ton lit, n'est-ce pas ?

Il lui fit un sourire narquois.

— Je n'ai jamais eu à épouser une femme pour la mettre dans mon lit.

Elle se mordit la lèvre.

— C'est sans doute vrai. Je dois quand même réfléchir. Tu ne peux pas t'attendre à ce que j'accepte ton plan comme ça. Il est complètement dingue, tu sais.

Il haussa les épaules.

— Je le trouve très sensé, mais bien sûr, prends ton temps. (Il se leva et se dirigea vers la porte.) Juste pour que tu saches, dès que tu me diras oui, je vais engager le meilleur avocat en droit de la famille de la ville. Je veux arracher Noah des griffes de cette femme.

La poitrine d'Abby se serra et des larmes s'échappèrent de ses yeux.

– Merci. Pour aujourd'hui. Et pour envisager de m'aider.

L'envisager ? Sa décision était prise. Il avait juste besoin de convaincre Abby.

Chapitre Quatorze

Maria, qui buvait du vin blanc, s'étrangla.

— Il a fait quoi ?

— Parle moins fort.

Abby jeta un coup d'œil dans le salon où Noah jouait sur l'ordinateur de Maria.

— Il m'a demandé de l'épouser, dit-elle tout bas.

Maria zieuta l'annulaire d'Abby.

— Pas comme ça, expliqua-t-elle. Pas pour de vrai. Juste un mariage blanc. Un papier pour attester que ma situation est stable, et avec un peu de chance, me débarrasser de Vivian.

— Un mariage de complaisance.

— Oui.

Et purée, ça sonnait faux. Abby y songeait-elle sérieusement ?

— Cruella sait que tu vas épouser ce mec ? demanda Maria.

Abby grimaça.

— Je n'ai pas accepté de l'épouser, et c'est bien le problème. Il s'est présenté spontanément à elle comme mon fiancé. Il voulait m'aider, mais ça me met dans une position délicate. Je ne sais pas pourquoi il l'a proposé ni pourquoi il irait jusque-là pour nous aider, Noah et moi.

Maria a posé son verre sur la table.

– Franchement ? Je ne sais pas non plus. Rien à voir avec le Hunt Cade dont j'ai entendu parler. Cet homme est un dieu du sexe. As-tu idée du nombre de femmes qu'il s'est tapées ?

– Beurk, non. Et ne me le dis pas, s'il te plaît. J'ai déjà du mal à réfléchir à sa proposition. Ce genre d'info m'embrouillera pour prendre ma décision au lieu de m'éclairer. La société me considère sans doute comme un meilleur soutien pour ma famille si je suis mariée — c'est faux, mais c'est comme ça que le monde fonctionne. Tant que je n'épouse pas un psychopathe. (Elle fouilla le regard de son amie.) Puis-je faire confiance à Hunt ? Ou est-ce la pire idée du siècle ?

Maria respira à fond, puis elle fit une drôle de grimace et déclara :

– Ça pourrait être ta *meilleure* idée. Ou celle de Hunt puisque c'est lui qui l'a eue. Si ça change la donne, je ne vois pas pourquoi refuser. Et tu sais que je le dirais si je pensais que tu fais une erreur.

– Tu dis les choses sans filtre, en général, s'esclaffa Abby.

– Merci.

– Sérieusement, Maria, je ne peux pas merder. Les services sociaux ont ordonné à Vivian de me rendre Noah parce qu'il n'y avait pas de preuves de négligence parentale, mais quid de la prochaine fois que les grands-parents de Noah tenteront quelque chose ? Et si j'épouse Hunt et qu'il n'est pas celui qu'on pense ? Ça pourrait empirer les choses.

Maria détourna le regard.

– Difficile d'imaginer que ça pourrait empirer avec la campagne de diffamation que Cruella mène contre toi. Il faudrait que Hunt fasse un truc vraiment irresponsable. Ou devienne soudain un mec violent. Je n'ai jamais entendu dire que les Cade étaient violents. Enfin, renâcla-t-elle, il y a bien eu cette bagarre aux fiançailles de son frère… mais est-ce que ça compte ?

– Oui !

Maria balaya l'incident d'un revers de la main.

– Les frangins et les coups de poing vont de pair. D'après les témoins, c'était une fête d'enfer, et l'empoignade entre les deux étalons a été la cerise sur le gâteau.

Abby se gratta la tête.

– Oh mon Dieu, tu es aussi folle que Hunt.

– Follement intelligente ? Parce que c'est le cas. Et tu serais bête de refuser la proposition de Hunt. Bon, passons aux choses importantes. Ça va être quel genre de mariage, hum ?

Abby roula des yeux.

– Un mariage blanc, tu te souviens ? Accord prénuptial et tout le toutim.

Maria fronça les sourcils.

– Tu es sûre de pouvoir respecter cet accord ?

– L'accord prénuptial ? Bien sûr.

Maria lui donna un coup dans l'épaule.

– Tu sais très bien ce que je veux dire. Les *autres* trucs. Les trucs sexuels et coquins.

Abby tourna la tête en direction de Noah, mais il riait en regardant un dessin animé sur l'ordinateur.

– Moins fort, siffla-t-elle en fusillant son amie du regard.

– Réponds à la question.

– Hunt a dit qu'il ne sortirait pas avec d'autres femmes tant qu'on sera mariés.

Maria arqua un sourcil.

— Vraiment ? Ouah. Bon, très bien, mais ça ne répond pas à ma question. Et toi, madame Hunt ?

Abby se racla la gorge, soudain sèche.

— On aura une relation platonique.

Maria leva l'index.

— Que je comprenne bien : tu seras mariée à l'un des mecs les plus chauds de la ville… et tu ne le toucheras pas ?

Abby toussa dans sa main. Ça paraissait ridicule présenté ainsi.

— Exactement.

Maria abattit sa paume sur la table, faisant sursauter Abby.

— Tu vas être entraînée dans un sacré tourbillon sexuel, chuchota Maria, réalisant enfin la proximité des oreilles chastes de Noah. Il sera excité et en manque, et toi aussi. Impossible que deux personnes magnifiques, attirées l'une par l'autre, ne perdent pas la tête dans une telle situation.

— Je ne crois pas qu'il…

— Arrête avec ça, la coupa sèchement Maria. Tu lui plais. Je l'ai vu avec toi au club, et ensuite au Fireside Lounge, tu te souviens ?

Le radar d'Abby était faussé par son long célibat depuis la mort de Trevor. Elle s'était demandé si Hunt était attiré par elle, mais il avait si bien réussi à garder ses distances après qu'elle l'avait rembarré au club qu'elle ne savait plus.

Maria grimaça de nouveau, mais cette fois, son regard pétillait.

— Tu es sûr qu'il va s'astreindre à une abstinence sexuelle ? Parce que ça ne colle pas avec sa réputation de chaud lapin. Je vais peut-être devoir venir le soulager de temps en temps.

Abby pouffa.

– Tu as l'intention de l'aider à rompre l'abstinence ?

– Par pure amitié, dit-elle en se calant au fond du siège.

Maria plaisantait. Enfin, à moitié.

– Il est beau et il y aura des tentations…

Elle grimaça.

– D'accord. Je l'ai déjà imaginé sans ses vêtements, admit Abby.

Maria opina.

– C'est de ça que je parle.

– Mais il ne s'agit pas de moi et de ma vie amoureuse, dit Abby. Notre relation doit rester platonique. Imagine si on franchit cette ligne et que ça ne marche pas… Alors je serais une mère célibataire *divorcée*. Dieu seul sait ce que Vivian ferait de cette information. Elle trouverait un moyen de l'utiliser contre moi comme pour tout le reste.

Maria hocha lentement la tête.

– Exact. Comme pour les vaccins.

Abby leva les mains.

– Ce foutu carnet de vaccinations. Je voulais juste espacer les rappels, pas envoyer Noah à l'école sans ses vaccins. Mais Vivian s'est souvenue quand il avait trois ans qu'il n'avait pas encore rattrapé tous ses vaccins et elle l'a utilisé contre moi. Je ne sais pas à qui elle l'a dit au département de l'éducation, mais Noah a failli être refusé à l'école. Je continue à parcourir la ville pour montrer aux personnes des services de l'enfance que Noah est à jour dans ses vaccins. Je te jure, cette femme trouve n'importe quel prétexte pour me dépeindre comme une mauvaise mère.

– C'est vrai… confirma Maria. Bon, très bien, un mariage *blanc* — que Dieu te vienne en aide. La question est de savoir si tu vas accepter la proposition.

Abby inspira lentement.

– Je suis tentée. J'ignore si Vivian pourrait réellement

me prendre Noah, mais cette femme est folle. Et puissante grâce à leur fortune. Je ne veux prendre aucun risque avec elle. *Je ne peux pas.*

— Tu pourrais toujours déménager, suggéra Maria.

Abby soupira.

— J'y ai pensé. Mais Noah adore le lac Tahoe et c'est son seul lien avec son père. Et puis, j'ai l'intime conviction que Vivian étendrait ses tentacules partout où j'irais. En fait, je la crois même capable d'intenter une action en justice pour m'empêcher d'éloigner Noah. Et sans argent, je ne peux pas me battre.

— Déménager n'est pas donné non plus, dit Maria avec une moue songeuse.

— Il y a autre chose. Avant de venir aujourd'hui, il est possible que j'aie cyber espionné Hunt…

— Ça ne m'étonne pas, sourit Maria en se penchant en avant. Qu'est-ce que tu as découvert ?

— Son pire crime semble être son amour des femmes, comme tu l'as dit. Des photos de lui inondent les comptes Instagram et Facebook des filles de la région, même s'il ne semble pas avoir de compte lui-même. (Elle haussa les épaules en sourcillant.) Je suppose que je pourrais regarder de l'autre côté s'il changeait d'avis et décidait de voir d'autres femmes pendant notre mariage.

L'estomac d'Abby se noua. Même s'ils se mariaient, elle n'aurait aucun droit sur Hunt. Mais l'idée qu'il couche avec une autre, alors qu'ils vivaient ensemble, était… argh, très désagréable.

— Tu avais raison. Ce mec est un appel à la luxure. Pourquoi il dirait non à une femme qui le drague ?

— Parce qu'il a dit qu'il est prêt à s'engager avec toi ? fit remarquer Maria. C'est un Don Juan, mais à l'inverse de la plupart des dragueurs, je te jure que cet homme jouit d'une super réputation auprès des femmes. Ce ne serait pas le cas si c'était un salaud. Il ne ment pas et ne roule pas les femmes. Simplement, il ne s'engage pas.

— Et pourtant, il s'engage envers moi ?

Maria opina lentement, le visage grave.

— Oui. Penses-y. Tu es une perle rare quand tu ne stresses pas à cause de ton boulot ou de ta vie. Peut-être que tu lui plais vraiment. Peut-être qu'il veut sincèrement t'aider.

Abby ferma les yeux.

— Retour à la case départ : est-ce la meilleure solution pour Noah et moi ?

— Tu devrais l'épouser, déclara Maria.

Abby cligna des yeux.

— Vraiment ?

C'était ce que son instinct lui disait, et maintenant sa meilleure amie l'incitait à le faire aussi.

— Ses frères et lui sont multimilliardaires, dit Maria, et l'argent donne du pouvoir. Laisse-moi te dire une chose : ces frères ont plus d'argent et d'influence que Cruella, et tout l'intérêt est là. Si Hunt est sincère — et d'après ce que tu as dit, je crois qu'il l'est —, il tiendra ses engagements.

Abby se frotta le front et jeta un coup d'œil à Noah.

— Je ne peux pas laisser passer cette chance, hein ?

Maria poussa vers Abby son verre de vin intact.

— Pas si tu es intelligente.

<h1 style="text-align:center">Chapitre Quinze</h1>

Ce lundi-là, Abby était de repos, et elle avait décidé de garder Noah au lieu de le mettre au Club Kids. Elle avait prévu de jouer avec lui, et de faire du ménage. Elle aurait volontiers zappé la partie ménage, mais Noah n'avait plus de sous-vêtements et Abby n'osait même pas imaginer le genre d'accusations de négligence que pourrait inventer Vivian à ce sujet. De plus, Abby n'avait plus de blouses propres, ce qui créait un embouteillage au niveau du lave-linge.

— De quoi as-tu envie pour ton petit déjeuner ? Gaufres ou pancakes ? demanda-t-elle à Noah.

Il se frotta les yeux, vêtu d'un pantalon de pyjama et d'un t-shirt. Il venait d'émerger de sa chambre après avoir dormi jusqu'à huit heures, merci l'univers.

— Des pancakes avec plein de sirop, dit-il d'une voix groggy adorable avant de se jeter sur le canapé face la première.

— Ça marche.

Cela faisait longtemps qu'Abby n'avait pas été si optimiste. Son sentiment d'être acculée au mur s'atténuait. Elle avait une solution. D'accord, ladite solution impliquait un homme qu'elle connaissait à peine, mais Hunt lui offrait une alternative séduisante au combat quotidien qu'elle menait depuis des années.

Elle fit défiler les titres jusqu'à ce qu'elle trouve une vieille playlist sur laquelle figurait *Respect* d'Aretha Franklin et la lança sur son téléphone. C'est en se déhanchant qu'elle prépara la pâte à pancakes.

Elle entendit des gloussements venant de sous le comptoir de la cuisine, et jeta un coup d'œil par-dessus son épaule. Noah souriait, les genoux près du menton.

– Tu es drôle, maman. Pourquoi tu danses ?

– Parce qu'on va manger des pancakes, et qu'on est en train d'écouter Aretha.

Elle leva la spatule devant sa bouche comme un micro et chanta le refrain en playback.

Noah bondit sur ses pieds et sautilla dans le salon en se déhanchant et en criant « R, E, S, Peee, C, P ».

Abby rit d'entendre son fils massacrer les paroles.

– Tu bouges bien, petit mec. Attends que les filles voient comme tu danses bien. Elles vont perdre la tête.

Noah sauta sur le canapé et remua les hanches en rythme, lançant ses pieds en l'air comme au karaté.

Morte de rire, Abby revint à ses fourneaux et versa soigneusement la pâte dans la poêle qu'elle avait pris soin de préchauffer. Elle reposa le saladier et se retourna juste à temps pour le refrain suivant, spatule devant la bouche, les yeux fermés pour accentuer l'effet dramatique.

Seulement lorsqu'elle les rouvrit, Noah n'était pas seul.

– Ah ! cria Abby qui recula en trébuchant.

Hunt se tenait derrière le comptoir, les bras croisés, les pieds écartés. Il haussa les sourcils.

Noah était à côté de lui dans une posture identique — sauf qu'il n'arrivait pas à garder son sérieux.

Abby posa la spatule sur le comptoir et s'essuya prestement les mains sur un torchon.

— Qu'est-ce que tu fais là ?

— Grande fan d'Aretha, hein ? demanda Hunt.

Noah s'écroula de rire par terre.

Elle le regarda en fronçant les sourcils, puis reporta son attention sur Hunt.

— Tu entres toujours chez les gens sans t'annoncer ?

Hunt se dirigea vers la porte d'entrée et sembla vérifier la poignée et la serrure.

— Je suis passé équiper les portes de l'entrée et de derrière d'une chaînette de sécurité. J'ai remarqué qu'il n'y en avait pas la dernière fois, dit-il en finissant son inspection. Je te conseille de changer les serrures pour que *certaines personnes* disposant d'une clé ne puissent pas entrer quand bon leur semble.

Il la regarda d'un air entendu.

Vivian, pensa-t-elle, se souvenant qu'elle avait dit à Hunt qu'elle lui avait bêtement donné une clé du chalet il y a des années.

— Mais je ne pense pas que ton propriétaire apprécierait, dit-il en matant les fourneaux derrière elle, visiblement distrait par la cuisson des pancakes. J'ai appelé, ajouta-t-il. Et j'ai frappé à la porte. Ton spectacle a dû couvrir le bruit. Tu ne consultes pas souvent ton téléphone, n'est-ce pas ?

Gaulée.

— Et quand Noah s'est mis à hurler à tue-tête les mots PCP et drogue, je me suis permis d'entrer pour vérifier que tout allait bien. Au fait, ta porte n'était pas verrouillée.

Elle fit une moue agacée.

— Primo, je suis à la maison. Il m'arrive de laisser la porte ouverte dans la journée. Deuxio, Noah a cinq ans. Il ne comprend pas les paroles. Et pour en revenir à ta suggestion, je ne peux pas installer une chaîne de sécurité.

Mon propriétaire ne sera pas d'accord, encore moins pour que je change les serrures.

Il se gratta la mâchoire, rugueuse comme s'il était parti à la hâte ce matin sans prendre le temps de se raser.

— Ce n'est pas bien grave. Et il appréciera sûrement la sécurité supplémentaire. Personne ne s'oppose à une meilleure protection de sa propriété. Qu'est-ce que tu prépares ? demanda-t-il en levant le menton. On dirait des pancakes.

— Parce que c'est des pancakes.

En parlant de ça, Abby pivota prestement pour retourner la crêpe avant qu'elle ne brûle. Quand elle le regarda de nouveau, Hunt se frottait le ventre.

— Je n'ai pas pris mon petit déjeuner, dit-il avec un air de chien battu. Je voulais acheter les chaînes avant d'aller bosser.

Elle secoua la tête.

— C'est le prétexte le plus nul du monde pour te faire inviter au petit déj.

— Ça a marché ? En plus, dit-il en baissant la voix, j'accomplis mon devoir de *fiancé* en prenant soin de ma promise. On ne peut pas laisser les portes sans sécurité. Quel genre d'homme je serais si je faisais passer ma faim avant ta sécurité et celle de Noah ?

Son cœur se gonfla. Mince, il était balèze.

Mais ce n'était pas la réalité ; c'était du cinéma. Seulement maintenant, ils avaient un public attentif en la personne de Noah.

— C'est quoi un fiancé ? demanda-t-il.

Si Abby optait pour le scénario du faux mariage, il faudrait que Noah les voie ensemble, sache que Hunt et sa mère étaient plus que des amis. Elle détestait mentir à son fils, mais elle ne pouvait pas lui dire la vérité avant d'avoir pris une décision ferme. Il était innocent à cet âge et incapable de mentir. Vivian apprendrait la vérité en question-nant Noah, et leur plan tomberait à l'eau.

— Je t'expliquerai plus tard, lui dit-elle. Hunt, tu veux prendre le petit déjeuner avec nous ?

Il sourit de toutes ses dents.

— Seulement si ça ne te dérange pas trop.

———

APRÈS UN PETIT déjeuner où l'enfant et l'homme consommèrent une quantité astronomique de pancakes et de bacon, Abby se leva et mit les assiettes dans le lave-vaisselle.

— J'ai une proposition à te faire, dit Hunt. Que dirais-tu que j'emmène Noah au magasin pour acheter les chaînes de sécurité ? Ça te laisserait une heure pour toi.

Une heure entière pour elle ? Certes, elle avait de la lessive à faire, mais… ce n'était pas le Club Kids. C'était Hunt qui partait quelque part avec son fils, en voiture.

— Je ne sais pas, dit-elle en regardant Noah.

— Ouais ! s'écria le petit garçon en se précipitant dans sa chambre.

Hunt rit.

— Pardon, je n'aurais pas dû en parler devant lui. Tu peux encore refuser.

Si elle épousait vraiment cet homme, elle devait pouvoir lui confier son fils les yeux fermés. Techniquement, Hunt passait autant de temps qu'elle avec Noah — sinon plus au Club Tahoe —, alors il était idiot de faire des manières maintenant.

Noah revint et enleva son pyjama pour enfiler un pantalon et un t-shirt — à l'envers, bien sûr.

Abby ferma les yeux et se pinça l'arête du nez.

— Noah, on se change dans la chambre.

— Hunt va partir, dit-il, et je veux aller avec lui.

Hunt l'interrogea du regard.

Autant pour la journée passée à passer du bon temps avec son fils. En réalité, elle n'avait jamais de temps pour elle, et cela lui manquait.

— D'accord, mais tu veux bien prendre ma voiture ? Elle a un siège auto.

Hunt jeta un œil par la fenêtre et grimaça.

— Non, non, ça va aller.

Elle planta les mains sur ses hanches.

— Tournesol n'est pas assez bien pour toi ?

— Tournesol ?

— C'est une voiture délicate. Ce nom lui va bien.

Hunt pouffa.

— Délicate, c'est une façon de le dire ! J'ai peur de ne pas arriver au travail à l'heure si je tente un aller-retour au magasin avec Tournesol.

Elle aurait bien aimé se sentir offensée par ses propos, mais en étant réaliste, c'était tout à fait le genre de choses qui pouvait arriver avec sa voiture.

— Tu ne peux pas emmener Noah en voiture sans siège auto.

— C'est pourquoi je vais prendre celui de Tournesol et l'installer dans ma voiture.

— Tu sais comment faire ?

Il lui lança un regard incrédule.

— J'ai une nièce. Je sais installer un siège auto.

— Intéressant.

Il était *effectivement* intéressant de savoir que Hunt emmenait sa nièce en ville. Et super mignon.

— En réalité, dit-elle, c'est plus un rehausseur qu'un siège auto, car Noah est grand maintenant. Il devrait être simple à fixer.

— T'inquiète, dit-il avant de regarder de nouveau par la

fenêtre. Que dirais-tu si j'emmenais Noah au parc en face ? Je connais ton fils (il fit un clin d'œil à Noah), il a besoin de se défouler après avoir mangé tous ces pancakes.

C'était presque comme avoir un baby-sitter. Hunt était doué avec les enfants. Très doué. Et il faisait attention à eux.

Elle regarda Noah, qui sautillait en tirant le bras de Hunt.

— Je suppose que oui, dit-elle.

— On revient dans quelques minutes.

Hunt sortit accompagné de Noah.

Abby les observa de la fenêtre du salon et vit Hunt prendre la main de Noah et regarder des deux côtés avant de traverser la rue.

Même le père de Noah n'avait jamais été aussi consciencieux avec son fils. Ce n'est qu'après sa mort qu'Abby avait réalisé qu'elle s'était occupée de tout pour eux deux.

Sa relation avec Hunt, quelle que soit sa nature, était temporaire. Elle ne voulait pas s'habituer à son aide, car cela lui manquerait cruellement quand tout s'arrêterait.

Abby aurait dû plier le linge ou finir la vaisselle, mais elle n'arrivait pas à quitter des yeux Hunt et Noah qui jouaient dans le parc.

Noah avait les bras et les jambes enroulés autour du torse de Hunt comme un singe-araignée, tandis que Hunt faisait des tractions sur la barre d'un portique.

Noah n'était pas si léger (vingt kilos) et Hunt faisait des tractions avec ce poids supplémentaire comme si de rien n'était. Comment faisait-il ?

Ses biceps se gonflaient à chaque mouvement, le corps tendu et incliné pour soutenir Noah sur sa poitrine. C'était fascinant.

Jusqu'à ce que Noah commence à glisser.

Abby poussa un cri, la main devant la bouche.

Mais Hunt se laissa doucement tomber au sol, son bras sécurisant Noah. Il contrôlait parfaitement la situation, cet homme musclé avec son fils.

Ses yeux s'embuèrent, ses narines la brûlèrent. Elle ne voulait pas pleurer. C'était ridicule. Seulement elle n'avait jamais vu un homme aussi attentif et gentil avec Noah. Trevor avait été un père aimant, mais il avait toujours fait passer sa passion en premier. La naissance de leur enfant n'avait pas ralenti ses escapades en montagne.

Noah courut vers le toboggan, suivi par Hunt. Ils jouèrent à glisser quelques minutes. Ensuite Hunt poussa Noah sur la balançoire et le rattrapa quand il se jeta du haut de la cage à écureuil. Puis ils se dirigèrent vers la maison.

Abby inspira fort, et récupéra rapidement un mouchoir pour se moucher. Elle s'empara du panier à linge et se mit à plier les vêtements. Elle sourit quand la porte s'ouvrit.

– Comment c'était ?

– Génial ! s'écria Noah.

Hunt n'avait même pas transpiré ; l'odeur de propreté de son savon flottait vers elle, au-dessus du comptoir de la cuisine.

– Ça t'ennuie si je prends tes clés de voiture ? Je vais installer le rehausseur, et on pourra partir.

– Non, pas du tout.

Abby traversa la pièce et fouilla dans son sac pour trouver ses clés. Elle les donna à Hunt.

– Merci, dit-il. Je reviens tout de suite.

Abby regarda Noah.

– Va faire pipi avant de partir, d'accord ?

Noah fonça aux toilettes, fit son affaire, passa ses mains sous l'eau (moins de dix secondes), et revint en courant.

Elle n'avait jamais vu son fils aussi ravi de passer du

temps avec quelqu'un. Elle avait un lien très fort avec Noah, mais il était évident qu'il lui manquait un homme dans sa vie.

Quand Hunt ouvrit la porte, Noah fila sans demander son reste vers la Range Rover flambant neuve, s'assit dans le rehausseur et s'attacha.

Évidemment, pourquoi Hunt voudrait-il conduire Tournesol alors qu'il possédait cette beauté ? Non pas que Tournesol soit moche. Elle était juste… originale.

D'accord, sa caisse était pourrie.

– Bon, appelle-moi si tu as le moindre problème, dit-elle.

Hunt la regarda d'un air moqueur.

– Ça va aller. Profite de ton temps libre. Et essaie de ne pas le dépenser en tâches ménagères. Si la vaisselle n'est plus dans l'évier à mon retour, je vais me fâcher, dit-il en lui faisant un clin d'œil.

– Hunt… commença Abby.

Elle avait pris sa décision. Elle l'avait prise à un moment donné entre les tractions et le toboggan.

– La réponse est oui. À ta question. Je… je vais t'épouser, dit-elle tout bas, même si Noah ne pouvait pas l'entendre.

Hunt cligna des yeux, puis un grand sourire illumina son visage.

– Ça va bien se passer. Tu verras.

Avant qu'elle n'ait pu rassembler ses esprits, il était sorti et se dirigeait vers sa voiture.

Abby s'effondra sur le canapé, des frissons lui parcourant le corps.

– Putain de merde.

Avait-elle vraiment accepté ? Et si c'était un mariage blanc, comment allait-elle résister à son attirance pour l'homme sublime qui vivrait chez elle ?

Chapitre Seize

— Te marier ? Tu veux dire te marier, *marier* ?

Levi s'entraînait au swing, balançant son club comme une batte de baseball, prêt à envoyer la balle dans l'espace intersidéral. Emily prétendait que son petit ami était un grand tendre, mais Hunt n'avait jamais vu ce côté de Levi. Uniquement son côté force brute.

Hunt fronça les sourcils et posa son sac de golf.

— Existe-t-il une autre forme de mariage que j'ignorerais ?

Levi jeta un coup d'œil à ses autres frères présents au premier trou, qui affichaient la même expression perplexe. Il laissa tomber la tête de son driver sur le tee de départ et s'appuya sur le manche.

— Ce genre de conneries te ressemble bien. Mais ce n'est pas un jeu, Hunt. Il s'agit de prendre en charge une mère célibataire et son fils.

Hunt leva la tête et poussa un soupir rauque.

— J'en ai conscience. Je n'ai plus dix-huit ans, je ne suis plus un ado impulsif.

Levi trancha l'air de la main.

– Tu passes ton temps à jouer avec des gamins au club…

– Parce que c'est mon boulot ! Tu devrais essayer un jour. C'est cathartique !

– Et tu sors presque tous les soirs pour chercher un plan cul.

Je n'ai pas besoin de chercher, pensa Hunt, mais il ne le dit pas.

– Je suis capable de m'engager.

– Oh, vraiment ? dit Levi en se tournant de nouveau vers ses frères pour obtenir du soutien.

Merde.

OK, Hunt n'avait pas eu d'histoire sérieuse depuis le désastre avec Lisa dix ans plus tôt, mais bon.

– Je n'ai pas besoin de plans cul. Je drague juste pour tuer le temps.

Wes faisait rebondir Harlow dans le transat BabyBjörn qui devenait trop petit pour elle, mais ils ne pouvaient pas la laisser crapahuter sur le parcours. C'était une rapide.

– Il n'y a aucune raison de penser que Hunt va déconner, déclara Wes.

– Merci, dit Hunt en levant les yeux au ciel.

Personne n'avait donc confiance en lui ?

– Non, vraiment, insista Wes en s'entraînant à swinguer d'une seule main pour ne pas délaisser Harlow. Tu es génial avec les enfants du Club Kids. Kaylee le dit sans arrêt.

Levi lui lança un regard noir.

– Et c'est censé en faire un père de famille ?

Wes haussa les épaules, puis se baissa en entendant crier « Attention balle ! » à cinq cents mètres de là.

Hunt regarda en l'air, mais la balle n'atterrit pas près d'eux.

Voûté en forme de bouclier humain au-dessus de

Harlow, qui portait un casque de golf spécialement conçu pour les bébés, Wes répondit à Levi.

– Aucun de nous n'a été élevé pour être un père de famille. Ça ne nous empêche pas de nous adapter. La preuve.

Il se désigna de la main.

Il est vrai que Wes les avait tous étonnés par ses talents paternels. Et ils ne pouvaient pas lui reprocher d'être surprotecteur envers sa fille, car ils se comportaient tous de la même façon avec elle.

Harlow balança son petit club de golf en plastique et frappa son père en pleine tête.

– Bien joué, Harlow, gloussa Wes en l'embrassant sur la joue.

Bran s'installa sur le tee de départ et prépara son swing.

– Même si j'apprécie ces discussions familiales, je dois retourner aux restaurants. Si on doit jouer, jouons. Tu ne peux pas décider qui Hunt épousera, ajouta-t-il à l'intention de Levi.

Le seul frère ne participant pas à cette diatribe était Adam, mais uniquement parce qu'il était en retard.

L'expression de Levi ne changea pas. *Merde.* Hunt n'allait pas aimer sa réponse.

– Tu es le plus détraqué de nous cinq. Peut-être parce que tu n'as pas connu maman. Tu n'as jamais eu d'influence maternelle dans ta vie. J'ignore pourquoi tu es comme ça, mais je ne veux pas te voir faire du mal à cette femme et à son enfant.

Le sang de Hunt ne vit qu'un tour et lui martela les tempes.

– Je ne ferais *jamais* de mal à Noah et Abby. Je fais ça pour eux, abruti. Et si je suis traumatisé, vous aussi. On a tous perdu une mère et un père à la mort de maman.

Hunt se passa la main sur le visage. Il connaissait le fond du problème. Il avait toujours su ce que Levi pensait de lui. D'autant qu'il ne le cachait pas.

— Admets-le. Tu ne me fais pas confiance, dit-il.

Pas de réponse.

— Va te faire foutre, Levi.

Hunt ramassa ses clubs et quitta le parcours furieux, laissant ses frères pantois.

Il n'avait jamais montré à Levi à quel point sa méfiance l'affectait. D'accord, presque jamais. Mais là, c'était différent. Hunt n'avait jamais été aussi sérieux que quand il s'agissait de Noah et Abby. Et il ne savait pas comment expliquer ses sentiments à ses frères — ou à lui-même, d'ailleurs. Il ressentait juste le besoin instinctif de les protéger. Et tant qu'Abby l'accepterait, il le ferait.

Hunt se disait que, s'il parvenait à obtenir l'approbation de Levi, ses autres frères embrasseraient dans la foulée l'annonce de ses fiançailles soudaines. Mais la discussion ne s'était pas déroulée comme prévu. Aucun d'eux ne soutenait Hunt, à l'exception peut-être de Wes, qui s'était révélé un bon père à la surprise générale.

Mais Hunt n'avait pas besoin de ses frères. S'il le fallait, il épouserait Abby à la mairie sans eux. Cela ne les concernait pas de toute façon. Tout ce qui importait, c'était de protéger Abby et Noah.

———

Une semaine plus tard, Hunt se tenait devant l'autel de la petite chapelle pittoresque de Fallen Leaf Lake avec Abby. Un ami, le directeur du magasin général local, leur avait obtenu, malgré le court délai, un créneau pour le mariage. Hunt portait un costume neuf pour l'occasion. Il aurait pu puiser dans sa garde-robe, mais il lui avait semblé approprié d'acheter des fringues neuves pour son mariage. Étant donné son style de vie, ce serait sans doute son seul et unique costume.

Abby avait annoncé leur mariage à Noah quelques jours plus tôt, et depuis, le petit garçon ne quittait pas Hunt d'une semelle les jours où il travaillait au Club Kids.

Un sourire retroussa les lèvres de Hunt. Il aimait l'idée d'avoir Noah pour fils. Même si c'était provisoire.

Son sourire s'effaça. Son mariage avec Abby était temporaire. Il durerait le temps de les mettre à l'abri des menaces des grands-parents de Noah, et leur procurer un foyer stable. Mais ça prendrait un bon bout de temps, non ? S'ils affichaient un front uni pendant quelques mois seulement, les grands-parents ne seraient pas dupes.

Les épaules de Hunt se détendirent, et il regarda la jeune femme qui lui tenait le bras gauche. Abby portait une robe d'été blanche qui lui arrivait aux chevilles. Ses cheveux étaient relevés et quelques mèches joliment bouclées lui tombaient sur le front et dans le cou. Si Hunt avait tenté d'imaginer la mariée parfaite, il n'aurait pas égalé la beauté d'Abby. Plus il passait de temps avec Abby, plus il la trouvait belle.

Hunt reçut un petit coup dans le flanc et une paume moite se glissa dans sa main droite.

Il sourit à Noah qui devait s'ennuyer dans son rôle de garçon d'honneur et avait décidé de se joindre à eux.

Noah portait un costume assorti au sien. Il ne pouvait pas laisser le gamin venir en jean au mariage de sa mère, n'est-ce pas ? Abby avait été surprise lorsque Hunt avait proposé d'acheter un costume à Noah pour le mariage, puis elle avait souri timidement et accepté.

Toute la semaine, il s'était occupé des discussions avec les avocats et de l'organisation du mariage, détails qu'Abby lui avait volontiers laissé gérer. Elle avait des horaires stricts, alors que l'emploi du temps de Hunt était flexible. Autrement dit, il avait forcé ses frères à le remplacer lorsqu'il avait un rendez-vous. Il avait aussi rapidement fait établir un contrat de mariage, conformément à la promesse faite à Abby lorsqu'il essayait de la convaincre de suivre son plan et de l'épouser.

Les avocats que ses frères et lui avaient engagés il y a quelques années lors de la reprise du Club Tahoe lui avaient donné le nom de la meilleure avocate en droit de la famille de la ville.

Elle préparait déjà la bataille pour obtenir la garde de Noah en cas de guerre ouverte avec les grands-parents.

Hunt ne pouvait pas laisser Abby et Noah dans l'incertitude et sans protection. Plus il attendait, plus les grands-parents de Noah le stressaient. Ils avaient déjà enlevé Noah à Abby une fois. Qu'est-ce qui les empêchait de recommencer ? Aussi Hunt n'avait pas perdu de temps pour planifier le mariage. Mais maintenant que le jour J était arrivé, la conséquence de ses actes lui donnait le tournis.

— Je vous déclare mari et femme, dit l'officiant.

Des mots qui tirèrent Hunt de ses pensées et le ramenèrent au présent.

Il était *marié*. À Abby.

Bizarrement, ce qu'il avait évité pendant si longtemps (le mariage, l'engagement) n'était pas du tout pénible. Il se sentait bien.

Euh.

Il regarda la femme magnifique à ses côtés.

— Embrasse la mariée ! s'écria Noah en sautant de joie.

Hunt jeta un coup d'œil dans la petite chapelle. Même si Levi l'avait pourri, il était venu au mariage avec Emily et le reste de la fratrie, et quelques-uns de leurs amis, dont Jaeger et Cali. Jaeger était le meilleur ami d'Adam, et

Hunt le connaissait depuis l'école. La chapelle accueillait suffisamment de témoins pour rendre le mariage réel.

Parce que c'était un mariage réel. *Mais faux.*

Abby l'observa en se mordillant la lèvre, sans le regarder dans les yeux.

C'était un mariage réel, même si Abby et lui le savaient éphémère. Et dans les mariages réels, le marié embrassait la mariée. Il avait imaginé le goût de ses lèvres depuis le jour de leur rencontre. Pourquoi laisser passer cette occasion ?

Hunt se pencha et posa un doigt sous le menton d'Abby. Puis il pressa sa bouche contre la sienne.

Des étincelles jaillirent partout où leurs peaux se touchaient. Une vague de chaleur le parcourut, le réchauffant en profondeur. Il s'attarda, distrait, tandis qu'il goûtait à sa bouche, oubliant tout sauf la sensation de ses lèvres contre les siennes, le contact de sa peau veloutée… puis il entendit Noah glousser.

Hunt leva la tête et sonda le regard d'Abby. Ses yeux étaient à moitié fermés, les pupilles dilatées.

Merde. C'était grave.

Il était marié et désirait sa fausse femme de toutes les fibres de son corps.

Chapitre Dix-Sept

Après la cérémonie, la fête se poursuivit chez Wes et Kaylee, où Wes avait organisé une petite réception. Ses frères avaient compris que Hunt voulait protéger Abby et son fils, mais ils ignoraient que leur mariage était bidon. Hunt n'avait pas l'intention de leur dire. Admettre qu'il avait épousé une femme qu'il n'aimait pas ne ferait que prouver à Levi l'inconscience de Hunt, et cela ferait mauvais effet si les grands-parents découvraient la vérité. Ce mariage devait paraître vrai.

Kaylee traversa la pièce, sans trouver Harlow. Pas dans cette foule, pas avec quatre oncles et leurs meilleurs amis à portée de main. C'était un événement où on se passait le bébé. Il fallait absolument que l'un d'eux fasse un autre gamin ou Harlow deviendrait l'enfant la plus pourrie gâtée de la planète.

Kaylee saisit la main d'Abby et s'adressa à Hunt.

– J'en ai déjà parlé à Abby. Noah va rester avec nous ce soir pour que vous puissiez avoir une vraie nuit de noces.

Hunt regarda Abby, dont le sourire forcé trahissait la gêne.

Génial.

– Ce n'est pas la peine, dit-il.

Kaylee regarda derrière son épaule l'endroit où les enfants jouaient. Harlow rampait sur Noah, qui riait aux éclats des pitreries du bébé.

– Tout est arrangé. Les enfants s'entendent bien, et on aimerait vraiment faire ça pour vous.

Hunt arqua un sourcil en regardant Abby. *À toi de voir.*

Abby soupira et ses épaules se détendirent. Son sourire forcé devint plus naturel.

– Avec plaisir. Merci pour ta proposition. Noah est déjà proche de toi à cause du Club Kids, alors c'est parfait.

– Donc c'est réglé, jubila Kaylee.

Elle pressa la main d'Abby et partit rejoindre Wes qui discutait avec Bran et Ireland.

Hunt se pencha vers elle.

– Tu es sûre, dit-il du coin de la bouche en souriant à Cali, la femme de Jaeger, qui remuait les sourcils en direction Abby d'un air entendu.

– C'est ce qu'on attend de nous, chuchota Abby. On va habiter ensemble, non ? Parce que je ne pense pas pouvoir expliquer aux grands-parents de Noah pourquoi je ne vis pas avec mon mari.

Le fait de vivre ensemble lui avait traversé l'esprit, mais noyé sous les préparatifs de la semaine, il avait relégué cette question au bas de la liste des sujets à discuter avec Abby.

– Bien sûr, on va vivre ensemble, affirma-t-il avec assurance, puis il hésita. Où veux-tu vivre ?

– Je pense que c'est mieux si on vit chez moi. C'est petit, je sais, mais je ne veux pas perturber encore plus la vie de Noah. Est-ce que ça te convient ?

Hunt visualisa l'agencement du chalet d'Abby.

– Il n'y a qu'une chambre ?

– Deux, mais la chambre de Noah est plus un cagibi aménagé.

– Donc on partagera la même chambre, dit-il en guettant sa réaction.

Abby déglutit.

– O-oui. Si tu es d'accord. Je peux dormir sur un lit de camp et le ranger quand Noah est réveillé.

Il préférerait *partager* un lit. Il était capable de rester sage.

Très bien, c'était un mensonge. Impossible de rester sage. Pas avec le doux parfum féminin et le corps sexy d'Abby à côté de lui. Il essaierait forcément de la séduire.

– Je dormirai par terre. Tu prendras le lit.

Son ton était ferme ; pas question qu'il laisse sa femme dormir sur un lit de camp.

Une heure plus tard, Abby embrassait Noah et Hunt saluait ses frères.

– Ne fais rien que je ne ferais pas, dit Wes en lui adressant un triple clin d'œil.

– Tu as des préservatifs ? s'enquit Bran. Rien de pire qu'un bébé de lune de miel imprévu.

Typique venant de Bran, le plus prudent des frères Cade.

– Je ne suis pas né de la dernière pluie, dit-il à Bran. Je sors couvert.

Non pas qu'il ait *besoin* d'être couvert. Il aimerait bien avoir besoin de couvrir quelque chose, parce que sa femme, oui, sa *femme*, était incroyablement belle et qu'il mourait d'envie de se coller contre elle. Pourquoi était-elle si longue, d'ailleurs ?

Au même moment, Adam s'approcha de lui.

– C'est pour toi et Abby, avec les compliments du Blue Casino, dit-il en lui tendant une bouteille. N'hésite pas à la sabrer ce soir. Tu as l'air nerveux.

Hunt jeta un coup d'œil au Dom Pérignon. Nerveux ? Évidemment il était nerveux. Il devait réussir à ne pas toucher à sa sublime épouse pendant toute une soirée et une nuit, sans même la distraction bénie de Noah. Hunt s'esclaffa et remercia Adam.

Levi pointa un doigt vers lui.

– Souviens-toi de ce que je t'ai dit.

Bran, Adam et Wes soupirèrent.

– Levi, dit Wes. Fous-lui la paix.

Levi se hérissa, puis il secoua les épaules et poussa un soupir.

– Tiens, dit-il en lui lançant une petite boîte sur la poitrine. C'est de la part d'Emily. (Il toussota.) Pour votre nuit de noces. (C'était le bruit des dents de Levi qui grinçaient ?) Ce sont des bougies parfumées et d'autres fanfreluches qu'Emily a pensé que vous aimeriez.

Entendre les mots « bougies parfumées » sortir de la bouche de Levi était déjà en soi un cadeau.

– Merci, dit-il en essayant de ne pas se moquer de son grand frère bourru.

Emily réussirait peut-être à civiliser Levi finalement, avec le temps.

Le champagne sous le bras et les bougies parfumées à la main, Hunt fit le tour de la famille et des amis pour les saluer. Extérieurement, c'était un homme désireux de se retrouver seul avec sa femme. Intérieurement, c'était un homme désireux de se retrouver seul avec sa femme, mais qui n'avait pas le droit de la toucher.

Un vrai bonheur.

Hunt alla chercher Abby, qui avait du mal à dire au revoir. Mais Kaylee s'accrocha à son bras et l'entraîna à l'écart.

– Je ne sais pas ce qui se passe avec ce mariage éclair,

mais fais en sorte que ça marche. J'aime beaucoup Abby et je pense que c'est la femme qu'il te faut.

Le visage de Hunt se figea une demi-seconde. Jusqu'à ce qu'il se souvienne que personne ne savait ce qu'Abby et lui avaient convenu.

— Je l'ai épousée, Kaylee. Je vais prendre soin d'elle.

Et c'était la vérité, même si le mariage était faux.

— Il faut faire plus que ça. Abby est dans la merde, on le sait tous au Club Kids. Il y a quelque chose qui cloche chez les grands-parents… dit-elle en secouant la tête. Je ne sais pas ce que je dis. Essaie juste de ne pas tout foutre en l'air, d'accord ?

Le cœur de Hunt s'emballa et sa poitrine se serra. Vrai ou non, ce mariage devait absolument tenir la route — du moins à court terme.

Il se pencha pour embrasser Kaylee sur la joue, ce qui lui valut de se faire remonter les bretelles par Wes.

— Pas touche à la brune !

— J'y veillerai, souffla Hunt à Kaylee, qui sourit.

Mais il avait toujours un poids sur la poitrine. Il faisait des promesses qu'il n'était pas sûr de pouvoir tenir.

Il s'approcha d'Abby et Noah et ébouriffa les cheveux du garçonnet.

— Sois sage ce soir, d'accord ? Si tu as besoin de quoi que ce soit, demande à Kaylee de nous appeler.

— Au revoir, maman. Au revoir, Hunt.

Noah partit en courant rejoindre Adam et Harlow qui jouaient avec des cubes en mousse.

Abby le regarda, amusée.

— On dirait qu'il n'a pas besoin de nous.

Il lui prit la main.

— On dirait, oui. Tu es prête ?

Elle opina, et Hunt lui fit signe de le précéder.

Tandis qu'Abby se dirigeait vers la porte, son regard

s'attarda sur sa robe d'été ou plutôt la courbe parfaite de son cul et ses épaules nues. C'était un homme ; il aimait les belles femmes. Il se sentait irrésistiblement attiré par Abby, et c'était bien là le problème.

Hunt poussa un soupir en la suivant dehors.

La nuit allait être longue.

s'attarda sur sa robe d'été ou plutôt la courbe parfaite de son cul et ses épaules nues. C'était un homme ; il aimait les belles femmes. Il se sentait irrésistiblement attiré par Abby, et c'était bien là le problème.

Chapitre Dix-Huit

Dès qu'Abby et Hunt arrivèrent au chalet, elle ôta ses escarpins et s'occupa du linge et de la vaisselle qu'elle n'avait pas eu le temps de ranger avant son départ précipité pour la chapelle…

Elle était *mariée*.

Abby avait été amoureuse, elle avait eu un enfant, mais elle n'avait jamais été mariée. Et maintenant, elle était mariée à Hunt Cade, un homme qui n'était pas amoureux d'elle.

Mais il l'aimait bien. Elle le sentait chaque fois qu'il la regardait. Et elle l'aimait bien aussi.

Abby observa Hunt tandis qu'il enlevait sa veste de costume ; le tissu fin de sa chemise en lin épousait ses biceps fermes et son ventre plat.

Elle s'éclaircit la voix et ouvrit le frigo.

– Tu as faim ?

Hunt pouffa.

– Toi ? Mon frère a préparé un buffet pour cinquante personnes au lieu de vingt. Je déteste voir la nourriture se perdre, alors j'ai mangé comme quatre, dit-il en se tapotant l'estomac. Je ne peux plus rien caser là-dedans.

Abby ferma le frigo et se retourna. Elle n'avait pas faim non plus, mais comment allaient-ils tuer le temps ce soir ?

Elle avait besoin de s'occuper ou son esprit allait divaguer sur le bel homme qu'elle devait désormais appeler son mari. Ce qui lui évoquait d'autres pensées.

Cela faisait des années qu'elle n'avait pas été avec un homme. Pathétique mais vrai. Comme si elle avait eu le temps de sortir. Bref, elle était en couple maintenant. Seulement elle ne pouvait pas avoir de rapports sexuels avec Hunt. Cela compliquerait considérablement la situation. Tant que leur relation restait platonique, ça se passerait bien. Du moins, elle voulait le croire.

— Tu veux regarder un film ?

Il fronça les sourcils et Abby eut l'impression qu'il lisait dans ses pensées.

Il prit sur la table basse une bouteille qu'elle l'avait vu porter.

— J'ai une meilleure idée. Pourquoi ne pas ouvrir la bouteille de champagne qu'Adam et Hayden nous ont offerte et trinquer à notre avenir ?

Abby se tordit les mains. Alcool et frustration sexuelle ne faisaient pas bon ménage, mais ils pourraient peut-être aborder un autre sujet.

— Avec plaisir. Profitons-en pour chercher comment faire paraître ce mariage vrai, sans que des petites oreilles nous écoutent.

Entre leurs horaires de travail et Noah, ils n'avaient pas eu le loisir de discuter les détails de leur nouvelle vie après le mariage.

Hunt fit sauter le bouchon et versa le liquide pétillant dans deux verres à champagne dépareillés qu'Abby avait trouvés au fond d'un placard.

– La seule façon pour que ça ait l'air d'un vrai mariage, c'est de nous comporter comme si c'était vrai.

Il inclina son verre et le fit tinter contre le sien.

Abby avala une gorgée de la boisson acide qui lui picota la langue.

– Que veux-tu dire par nous comporter comme si c'était vrai ?

Hunt se posa sur une chaise autour de la table pour deux personnes. Elle devrait acheter une chaise pliante s'ils voulaient y manger à trois.

– On agit comme un couple marié. On vit ensemble, comme prévu, et on a des gestes affectueux.

– Affectueux ? (Cela faisait tellement longtemps qu'elle avait soif d'affection, mais…) Ça ne va pas compliquer les choses ?

Hunt posa son verre.

– Abby, si on veut montrer qu'on forme une famille unie capable d'offrir un foyer stable à Noah, on doit ressembler à un couple marié.

Elle se mordit la lèvre.

– Mais… à quoi ça ressemble ?

Il rit.

– Qu'est-ce que j'en sais ?! Ça ne m'est jamais arrivé. Et toi ?

– Mes parents sont mariés, mais ils ne s'aiment pas.

Il hocha la tête d'un air pensif.

– Donc on est tous les deux dans le brouillard. Il faudra s'en accommoder. Et si on commençait par apprendre à mieux se connaître ?

– N'est-ce pas ce qu'on fait ?

– Pas encore, mais ça va venir, dit-il.

Pourquoi cette phrase lui donna-t-elle la chair de poule ?

– As-tu déjà entendu parler du jeu *Je n'ai jamais*…

– Il n'y a pas une émission de télé où ils jouent à ça ? demanda-t-elle.

– Peut-être, mais je pense qu'il a été créé sur les campus universitaires.

Ses yeux pétillèrent et il but une gorgée de champagne.

– Je n'ai pas fini mes études. Et j'étais avec Trevor quand j'allais encore en cours, alors je n'étais pas vraiment une fêtarde.

– Tu vois, sourit-il. Je viens d'apprendre quelque chose sur toi. Et pour info, je n'ai pas fini mes études non plus. Je me suis inscrit et j'ai été accepté dans quelques facs, mais j'ai préféré monter mon entreprise de tourisme nautique. C'était lucratif, je ne pouvais pas laisser passer ça. (À son regard interrogateur, il se frotta le menton.) J'ai cessé de demander de l'argent à mon père avant la fin du lycée. J'étais trop borné pour lui demander de m'aider pour l'université.

Abby en resta bouche bée.

– Ta famille possède le Club Tahoe et vous êtes pleins aux as. Pourtant, tu as refusé l'argent de ton père… pour diriger une entreprise de bateaux ?

– Tu veux toujours être mariée avec moi ?

Un homme complexe, son nouveau mari. Et diaboliquement beau quand il la regardait comme ça, avec un sourire en coin.

– Oui.

Et pas seulement parce qu'il l'aidait avec Noah. Hunt était facile à vivre. Et gentil. Honnêtement, l'idée d'être sa femme était un peu trop exaltante pour le cœur sensible d'Abby.

Mieux valait ne pas en parler ou il risquait de changer d'avis.

– Bien. Parce que je ne suis pas sûr de te laisser partir maintenant que je t'ai.

Il la tuait. Comment était-elle censée résister à cet homme ?

— Pour t'expliquer un peu mieux, mes frères et moi avions la haine pour le Club Tahoe. On ne voulait rien avoir à faire avec cet endroit.

Abby faillit s'étouffer avec son champagne, étonnamment bon pour quelqu'un qui n'aimait les bulles que dans les boissons à base de caféine.

— La haine ? Mais il vous appartient. Vous y travaillez.

— Le mot *haine* est sans doute trop fort. Le club symbolisait l'absence de notre père, l'abandon de sa famille au profit du travail. Au profit du Club Tahoe. Mais on a apporté des changements à l'endroit. On se l'est approprié. (Il secoua la tête.) Je ne sais pas. Je n'y ai pas pensé depuis le décès de mon père. Mes frères et moi savions juste qu'on ne pouvait pas laisser le navire sombrer après sa mort. Le Club Tahoe emploie des centaines de personnes dans la région. On ne supportait pas l'idée de supprimer tant d'emplois… c'est compliqué.

Il fronça les sourcils.

Elle n'aima pas son expression. Hunt n'était pas un être morose, et elle eut envie d'embrasser ce front plissé. Non, ce serait une pente glissante.

— Eh bien, *mon* passé est simple, dit-elle pour détendre l'atmosphère, puisque l'embrasser n'était pas envisageable. J'ai grandi dans la pauvreté et vécu dans une petite ville du Midwest, dans le mobile-home que mes parents louent depuis toujours. J'ai déménagé à Tahoe sur un coup de tête après qu'un ami m'ait dit qu'on pouvait gagner beaucoup d'argent en travaillant dans les casinos. L'université la plus proche était à plus de trois heures de chez moi. À Tahoe, je pouvais travailler dans un casino pendant la haute saison et suivre des cours à l'université publique de Reno, à condition d'être économe. Mais après ma première année, j'ai rencontré Trevor. Et je suis tombée enceinte. Tu connais la suite, dit-elle en haussant les épaules.

L'expression de Hunt s'adoucit, mais il semblait toujours contrarié.

— Je suis navré que les choses aient été si difficiles pour toi, Abby.

Elle ne voulait pas de sa pitié. Ce n'était pas pour cela qu'elle avait parlé de son passé. Elle essayait de le distraire des pensées qui l'attristaient. Et elle voulait qu'il sache d'où elle venait, pour qu'il n'y ait pas de secrets.

— Comment fonctionne ce jeu, *Je n'ai jamais…* demanda Abby en changeant de sujet.

Ses yeux s'illuminèrent.

— Ah, maintenant on passe aux choses sérieuses. C'est vraiment très simple.

Hunt était facile à satisfaire. À l'égoïsme et l'exigence de Trevor s'opposaient l'altruisme et la bienveillance de Hunt. Il ne dévoilait pas souvent sa sensibilité profonde, comme lorsqu'il parlait de son père et ses frères, mais il devenait difficile de ne voir en lui qu'un beau mec riche.

— Je dis « je n'ai jamais », suivi d'un truc que je n'ai jamais fait. Par exemple, je n'ai jamais marché sur une corde de funambule. Si tu as déjà marché sur une corde au-dessus du vide, tu avales une gorgée. Sinon, tu ne fais rien.

— Alors c'est un jeu à boire ?

— Eh bien, ouais. Mais peut-être pas avec du champagne.

Hunt se leva et fouilla dans le frigo et les placards comme s'il était chez lui, incroyablement grand dans sa minuscule cuisine. Il revint avec du jus d'orange et une bouteille de vodka vieille de cinq ans.

— Je vais les faire légères, dit-il avec un clin d'œil.

– C'est plus prudent, à moins que tu veuilles me voir câliner les toilettes.

Il rit et lui tendit un verre.

– On va y aller doucement. Je n'ai jamais… vécu avec une femme, lança-t-il en la regardant dans les yeux.

– La vache, tu commences très fort, dit-elle en souriant.

Abby avala une gorgée.

– C'est vivre avec un homme dans ton cas, pas un petit garçon, dit-il.

Elle but de nouveau.

– J'ai vécu avec Trevor.

Il hocha la tête.

– Vous avez eu un enfant ensemble ; c'est logique que tu aies vécu avec lui.

– Je suis la première femme avec qui tu vis ?

Difficile de croire qu'aucune fille ne lui avait mis le grappin dessus avant.

Il plissa le front.

– Oui. En y réfléchissant, Noah est aussi le premier enfant avec qui je vais vivre.

– Ouah, c'est un vrai baptême du feu. Est-ce que tu vas flipper à la vue de mes tampons ?

Il faillit s'étouffer.

– Euh, non. Je suis très au fait du corps féminin et de ses spécificités. Je le connais sans doute mieux que toi.

Ses yeux pétillaient, le diable !

Les joues d'Abby chauffèrent.

– Ça m'étonnerait. À moi de jouer. Je n'ai jamais… fait du bateau.

Hunt but rapidement, puis posa le verre dans un bruit sourd.

– *Jamais* ?

Elle secoua la tête.

— Comment est-ce possible ? Tu vis au lac Tahoe depuis l'âge de Noah au moins, donc cinq, six ans ?

— Je sais. Mais il n'y avait pas d'eau où j'ai grandi. Puis je suis venue ici et j'ai rencontré Trevor peu après. On habitait dans une belle maison et il m'a emmenée dans des coins sympas, mais je n'ai jamais mis le pied sur un bateau. J'ai toujours voulu faire un tour sur le lac. Je ne sais pas pourquoi je ne l'ai pas fait. Je suppose que la grossesse et l'éducation d'un enfant ont mis ce rêve en sourdine.

Il grogna.

— Eh bien, ça va changer. Je t'emmènerai faire un tour en bateau avant la fin de la semaine.

— Je ne l'ai pas dit pour que tu sentes mal, mais pour te faire boire, dit-elle d'un air malicieux.

Ses yeux s'arrondirent.

— Tu apprends vite, petit Jedi.

Elle rit, et le jeu continua. Abby avoua l'âge de son premier baiser (douze ans et dégoûtant) et quelques endroits où elle n'avait jamais fait l'amour. Hunt, bien sûr, but pour chacun des lieux mentionnés, vilain garçon. Puis il tomba sur une info que peu de gens savaient sur elle.

— Je n'ai jamais monté un taureau, déclara-t-il.

Abby but.

Il posa son verre, la transperçant du regard jusqu'à ce qu'elle se ratatine sur son siège.

— Oh, je veux connaître cette histoire.

— Techniquement, ce n'était pas un vrai taureau. C'était un taureau mécanique, et on m'a obligée à le faire.

— C'est toujours ce qu'on dit, Mme Cade.

Abby cligna des yeux.

— J'avais zappé que mon nom changerait.

— Seulement si tu en as envie. Bon, finis ton histoire de taureau.

Elle s'éclaircit la voix, se concentrant sur le jeu et non sur son nom d'épouse.

– En allant en Californie, je me suis arrêtée chez une amie au Texas. On est allées dans son bar favori où il y avait un concours de rodéo mécanique.

Il rit.

– Tu es tombée tout de suite ?

Elle lui envoya un regard vexé.

– Non, pas du tout, *M. Cade*. J'ai monté ce taureau, et je l'ai monté longtemps et vigoureusement.

Hunt déglutit, avala une gorgée de vodka orange, puis remua sur sa chaise.

– Et alors ? Tu as gagné le concours de rodéo ?

– Tu veux voir ma médaille ?

Ses yeux s'arrondirent comme des soucoupes.

– Tu te fous de moi.

– Nan.

– Merde, dit-il en se caressant distraitement la bouche. Je suis impressionné.

Abby bâilla, malgré la sensualité troublante du geste de Hunt. Elle repensa immédiatement à la douceur de ses lèvres dans la chapelle. Et il n'avait pas expédié le baiser. Il l'avait fait durer et réveillé des sensations en sommeil depuis des années. Mais il était deux heures du matin et elle était épuisée par le long jour de noces. Qui précédait la nuit de noces…

– Fatiguée ? demanda Hunt.

– Un peu. Toi ?

– Je pourrais dormir. Ça t'ennuie si je prends une douche rapide ?

– Fais comme chez toi. Les serviettes sont dans le placard de l'entrée.

Abby se posta devant l'évier et déplaça distraitement la vaisselle. *Hunt, nu, sous la douche…*

Garde la tête froide !

Pendant que Hunt était dans la salle de bain, Abby rangea rapidement la vaisselle et se changea, enfilant un shorty et un t-shirt pour la nuit. Elle contempla le lit qui semblait occuper tout l'espace de sa petite chambre.

— Je dors par terre, dit Hunt en arrivant dans son dos, ce qui la fit sursauter.

Elle se retourna vivement.

— Oh, tu n'as pas besoin de dormir par terre. Il y a le lit de camp.

— Nan, dit-il en ramassant un plaid sur la chaise dans un coin. Je peux ?

— Oui, mais tu es sûr que tu seras bien ?

Elle se mordit la lèvre alors qu'il étalait la couverture sur le sol pour aménager une paillasse de fortune.

— Tout à fait, dit-il en s'allongeant sur le dos, les bras croisés derrière la tête, biceps bombés.

Abby détourna prestement les yeux. C'était trop intime. *Trop intime !*

Elle se précipita vers le placard, en sortit un oreiller et l'enveloppa d'une taie propre.

Elle tendit l'oreiller à Hunt et fronça les sourcils.

— J'ai honte de te faire dormir par terre. Si tu prenais le canapé ?

Hunt secoua la tête.

— On doit s'habituer à dormir dans la même chambre. Sans Noah à la maison, c'est l'occasion rêvée pour se familiariser avec cette idée.

Abby eut l'impression que Hunt était très à l'aise avec l'idée de dormir dans sa chambre, et il faisait tout ça pour elle en plus.

— Tu as raison.

Elle ouvrit le drap et se glissa dans son lit en essayant de ne pas mater le beau mec couché par terre.

– Bonne nuit.

Un bâillement viril monta le long du lit.

– Bonne nuit, ma femme.

Chapitre Dix-Neuf

Abby se réveilla dans un cocon de chaleur. Elle sourit, remua les orteils, puis se figea. Et ouvrit les yeux.

Hunt était dans le lit avec elle.

Elle se souvenait vaguement l'avoir vu revenir des toilettes et se glisser semi-consciemment dans son lit. Il était resté sage et elle n'avait pas pu se résoudre à le renvoyer sur sa paillasse.

Au milieu de la nuit, la situation lui avait paru normale. Seulement le matin était arrivé, et au lieu de dormir de son côté, en lui tournant le dos, une jambe poilue était maintenant coincée entre les siennes, et il lui enlaçait la taille d'un bras, le visage blotti entre ses seins.

Oh, mon Dieu. Pourquoi fallait-il en plus qu'il soit super câlin ?

Abby regarda ses cheveux châtain clair coupés court, légèrement plus long sur le haut et ébouriffés par le sommeil. Elle respira l'odeur de savon et de propreté qui montait vers ses narines. Hunt sentait vraiment bon. Et il était super câlin, même si sa joue s'écrasait sur sa poitrine.

Elle leva les yeux et considéra ses options. Se dégager

en douceur sans le réveiller ? Il se rendrait quand même compte qu'il s'était glissé dans son lit, erreur pardonnable au milieu de la nuit, mais il fallait mieux qu'il ignore la position compromettante que leurs corps avaient instinctivement adoptée.

Avant qu'Abby n'ait pu décider d'une stratégie, Hunt inspira fort, sa tête roula sur sa poitrine, et sa bouche lui effleura le téton.

Un gourdin raidi par l'excitation frappa Abby carrément entre les jambes, là où appuyait la cuisse chaude de Hunt, exerçant une pression brûlante au bon endroit. Elle ravala sa salive, le corps figé. Elle devait absolument le réveiller.

Mais au même moment, la main de Hunt commença à se promener sur sa jambe, et il plia *son* genou qui remonta et fit pression sur la zone où palpitait son désir.

Ses pensées se bousculèrent. D'un côté, son corps avait terriblement envie de lui. Cela faisait si longtemps, et Hunt était beau, à l'intérieur comme à l'extérieur. Mais…

Quels étaient les mais ?

Ils étaient *mariés*. Et il fallait que leur mariage paraisse vrai. Le sexe les rapprocherait indéniablement.

Oui, *mais*… Que se passerait-il quand Hunt les quitterait, Noah et elle, pour reprendre le cours de sa vie ?

Abby se connaissait. Elle aimait bien Hunt. Il lui avait plu tout de suite. Enfin, dès qu'elle s'était rendu compte qu'il n'était pas qu'un playboy qui l'avait draguée dans un bar pour tirer un coup. C'était un homme sincère qui aimait son fils. Au point de vouloir l'épouser pour mettre Noah en sécurité. Et la façon dont Hunt la faisait frissonner et lui donnait envie de se blottir contre lui. Il était évident qu'elle tomberait amoureuse si elle laissait les choses aller plus loin. Voilà pourquoi il ne pouvait rien se passer entre eux.

Hunt gémit et évasa l'encolure de son t-shirt, parsemant de baisers la vallée entre ses seins. Ses doigts fins lui effleurèrent les tétons.

– Oh, dit-elle en laissant échapper un soupir rauque.

Hunt s'immobilisa. Il leva la tête et l'observa les yeux mi-clos, à moitié endormi. Il jeta un regard sur son corps, ses mains sur ses seins, et s'écarta comme si sa peau le brûlait.

– Bonjour, dit-elle.

– Bonjour, répondit-il hésitant en regardant sa paillasse sur le sol. Je ne sais pas comment je suis arrivé ici. Je suis vraiment désolé. (Il regarda sa main.) Et désolé pour ça…

Elle sourit pour tenter de minimiser le côté gênant de la situation.

– Pas grave. Je n'ai pas eu autant d'action depuis des années.

Hunt plissa les yeux. Pendant un long moment, il ne dit rien. Puis sa jambe bougea légèrement entre ses cuisses.

Elle retint sa respiration.

– Hunt.

Ses yeux s'assombrirent et des étincelles jaillirent entre eux. Pourquoi fallait-il qu'il soit aussi sexy ?

– Tu sais, dit-il nonchalamment en lui effleurant la lèvre d'un doigt légèrement rugueux. On pourrait consommer le mariage. Le rendre officiel.

Son cœur s'emballa, même si sa tête lui hurlait d'arrêter de se comporter de façon stupide, et de calmer le jeu.

– Ça compliquerait la situation.

Pas question qu'elle évoque sa véritable peur. Celle de tomber amoureuse du beau séducteur qui ne faisait que lui rendre service et l'aider à s'extraire d'une situation difficile.

– C'est vraiment la meilleure chose à faire, quand on y pense, dit-il. Si les grands-parents soupçonnent que notre mariage est blanc, ils ne pourront plus dire qu'il est illégitime, et Noah et toi serez tirés d'affaire.

– C'est vrai. Mais alors, il faudra gérer les effets secondaires du sexe.

Il leva un sourcil.

– Le sexe a des effets secondaires ?

– Oui. On pourrait vouloir le refaire. Or on n'est pas un vrai couple.

– Hum…

Son regard erra sur sa poitrine, et glissa plus bas.

– Je suis prêt à prendre le risque si tu es partante.

Elle ne répondit pas, car son cerveau pataugeait dans un brouillard hormonal.

Il se pencha et effleura ses lèvres, plus sensuellement qu'à la chapelle. Il prit son visage entre ses mains, lui laissant amplement le temps de s'écarter.

Cette jambe infernale la caressait délicieusement, et il l'embrassa encore. Un vrai baiser cette fois, vibrant de passion, qui la propulsa dans une spirale de plaisir.

Abby enroula les bras autour des épaules carrées de Hunt et lui rendit son baiser.

Il ne précipita pas les choses, ne profita pas de la situation, mais sa main s'aventura lentement sur son corps, laissant un sillage incandescent sur son passage.

Hunt promena sa bouche le long de son cou, ses doigts effleurant son mamelon jusqu'à lui en faire perdre la tête. Finalement, il nicha son sein dans sa paume, et elle arqua le dos.

Il remonta son t-shirt.

– Tu es d'accord ?

Ils apprenaient *à mieux se connaître*. C'était bien, non ?

Abby leva les bras et son t-shirt s'envola, la laissant seins nus.

Hunt inspira à fond et la caressa sous le sein, embrassant le haut du globe en même temps.

– Tu es une très belle femme, Abby. Je te l'ai déjà dit ?

Sa jambe épaisse était toujours entre les siennes, et elle se mit à loucher entre la double stimulation de sa bouche et de sa main sur son sein, et sa jambe qui pressait régulièrement les chairs sensibles de son intimité.

– Euh, je ne crois pas.

Une femme pouvait-elle jouir après une minute d'attouchement ? Parce qu'elle commençait à sentir les palpitations d'un orgasme imminent, et elle aurait pu jurer être sur le point de jouir. C'est ce qui arrivait quand on n'avait pas fait l'amour depuis la période glaciaire.

– On devrait peut-être arrêter, haleta-t-elle.

– Tu veux arrêter ?

– Je ne veux pas faire l'amour.

Même si son corps l'implorait, son cerveau était assez clair pour distinguer certaines limites. Pas toutes, à l'évidence, mais quelques-unes.

Il leva la tête.

– Très bien, pas de sexe. Mais si je te donnais du plaisir ?

Ses yeux s'élargirent.

– Hum, dit-elle, puis elle sourit.

– Quand on y pense, c'est mon rôle. Tu sais, en tant que mari.

La mâchoire d'Abby se décrocha.

– Quoi ? dit-il, une mèche de cheveux lui tombant sur le front. C'est le moins que je puisse faire pour ma jeune épouse.

– Tu es cinglé, Hunt Cade.

– Tu m'as épousé, Abby Cade.

Tellement sexy, ce ton possessif.

Elle tendit le cou et l'embrassa. Agressivement.

Hunt bougea et enleva sa jambe. Elle faillit en gémir de regret.

– Je me mets juste dans une meilleure position, dit-il en posant une paume brûlante sur son entrecuisse.

Les palpitations de nouveau, les contractions de son abdomen. Ça irait vite. Et puis, était-ce mal d'avoir un orgasme avec son mari ?

– Encore, murmura-t-elle.

Hunt l'embrassa en lui agrippant la hanche et en pressant son érection massive contre sa jambe, signe de son excitation. Puis sa bouche parsema sa poitrine de baisers.

Il lui lécha le téton et glissa la main dans son shorty, caressant de haut en bas le pli entre sa cuisse et son sexe, sans toucher les zones sensibles.

Il la tuait à petit feu.

Abby caressa le torse dénudé de Hunt, momentanément distraite par les sillons de ses abdominaux, et descendit vers l'élastique de son caleçon.

Il se figea et retint sa main.

– Arrête-toi ou je vais perdre le contrôle. Et je ne veux *vraiment* pas jouir avant toi, ma femme.

Et voilà qu'il continuait ses badinages sexy de faux mari.

Il glissa les doigts entre ses jambes, trouva sa vulve, et dessina des cercles sensuels autour du bouton qui palpitait de désir depuis qu'elle s'était réveillée dans ses bras.

Elle vit des étoiles, mais elle pensait pouvoir se retenir et ne pas souffrir la honte d'atteindre l'orgasme en quelques attouchements.

Puis il lui suça le téton et le mordilla.

Elle perdit pied. Cria. Convulsa sur le lit. Extasiée.

La vache, c'était bon.

Quand Abby redescendit sur terre après le meilleur

orgasme de sa vie, Hunt lui embrassait la poitrine et lui enlaçait les doigts d'une main.

— Je crois que je vais apprécier mes devoirs conjugaux. Tu en veux un autre ? demanda-t-il.

Elle cligna des yeux, réalisa qu'elle avait laissé les choses aller trop loin, mais n'eut pas la force de s'en soucier. Pourtant…

— Je ne sais pas si c'était une bonne idée.

— Tu regrettes ?

Elle secoua lentement la tête.

— Je devrais, mais je ne le regrette vraiment pas.

Il lui fit un sourire lubrique et ses yeux tombèrent sur sa bouche.

Cet homme était dangereux.

Chapitre Vingt

A bby avait raison. Hunt s'était engagé à se marier pour les aider, Noah et elle, mais le sexe allait changer la donne. Dans le passé, cela n'avait rien changé pour lui, mais en théorie, Abby était sa femme. Et elle l'attirait vraiment, bon sang.

Il n'avait pas menti. Il pourrait lui procurer des orgasmes à la chaîne et mourir heureux. Mais elle avait l'intelligence de maintenir une certaine distance entre eux. Il ne pouvait pas s'imaginer s'engager avec une seule femme jusqu'à la fin de sa vie, et pas parce qu'il avait besoin de variété, comme il l'avait dit à ses frères. Il n'avait pas eu la chance d'aimer une femme, et il l'avait appris à la manière dure.

Hunt s'engageait à aider une femme et son fils en situation précaire, c'est tout. Et, heureusement pour lui, elle était incroyablement belle, surtout quand ses lèvres s'ouvraient pour crier de plaisir. Sa frustration sexuelle le ferait exploser s'il assistait à ce spectacle chaque matin, mais quelle incroyable façon de mourir.

Maintenant qu'il connaissait son goût et les sons sexy

qu'elle émettait, il voulait lui donner du plaisir et sombrer dans son corps. Et il n'imaginait pas s'en lasser après une nuit, son schéma habituel. Il se voyait bien la désirer à nouveau. Peut-être souvent, disons tous les jours, mais cela les mènerait où ? Dans une relation qu'aucun d'eux n'avait choisie pour de bonnes raisons.

Mais ça ? Donner du plaisir à une belle femme ? Non, ce n'était pas compliqué. Hunt était né pour satisfaire les femmes, et Abby en particulier.

Pendant qu'Abby se douchait, Hunt enfila son maillot de corps par la tête et remit son pantalon de costume. Ce n'était pas la tenue du matin la plus confortable, mais c'était tout ce qu'il avait sous la main. Il était temps qu'il emménage officiellement chez Abby.

Abby sortit de la salle de bain en se frottant les cheveux humides avec une serviette, les joues rouges.

– Tu as faim ?

– Ouais, mais je m'en suis occupé.

Il se dirigea vers la cuisine et ouvrit le frigo en quête de restes. Il prit deux assiettes et y déposa des parts de gâteau au chocolat à la crème.

– Kaylee nous a fait un doggy bag.

Abby scruta les assiettes.

– Tu veux manger du gâteau de mariage au petit déjeuner ?

– Y a-t-il un meilleur moment ?

Elle rit et attrapa des fourchettes.

– Je suppose que non.

Elle s'assit en face de Hunt et l'étudia.

– Tu regrettes ce matin ? Tu es coincé avec moi pour le moment. À ce qu'on dit, les séducteurs préfèrent filer en douce au milieu de la nuit.

Il ricana.

– D'abord, il n'y a rien de mieux dans la vie que de se

réveiller avec une belle femme sexy dont on apprécie la compagnie. Ensuite, tu sais à qui tu parles ? Ce qu'on a fait ce matin, je pourrais le faire toute la journée sans me lasser. Garde ça en tête, dit-il en pointant sa fourchette vers elle. Je suis né pour donner du plaisir.

Elle lui lança un regard noir.

— Tu n'es pas ici pour donner du plaisir ; tu es ici pour m'aider avec les grands-parents de Noah.

— Tu vois, c'est là notre différence. Tu vois ça comme une situation orientée vers un but unique, alors que j'y vois un objectif double — même si on a réalisé seulement ce matin le second avantage, bien plus agréable, de notre arrangement. (Il lui fit un clin d'œil.) Je t'aide avec les grands-parents sortis de la bouche de l'enfer, et on profite tous les deux du plaisir d'être ensemble.

Il se fourra une énorme bouchée de gâteau dans la bouche et sourit.

Les yeux d'Abby se firent taquins.

— Et le playboy est de retour.

Hunt fronça les sourcils. Abby pensait comme tout le monde qu'il n'était pas capable d'avoir une histoire sérieuse. C'était vrai, et pourtant ça le contrariait.

— Démasqué, dit-il en se levant sans finir son gâteau.

— Tu vas où ?

— Même si j'aime ce costard, j'ai besoin de plus de vêtements si on vit ensemble. Je vais chercher des affaires chez moi.

Pendant un instant, l'expression joyeuse d'Abby disparut, et Hunt eut peur d'avoir dit quelque chose de mal.

— Ou je peux y aller plus tard…

Elle le chassa de la main.

— Non, vas-y. J'ai des trucs à faire à la maison avant le retour de Noah. Je dois débarrasser un tiroir ou deux pour mon *mari*.

Elle sourit, mais ses yeux ne brillaient pas de leur éclat habituel.

Hunt hésita, puis il se pencha et embrassa Abby sur la bouche.

– Je vais revenir.

Il lui montrait qu'elle n'avait pas de raison de s'inquiéter. Il pouvait prendre les choses en main tout en offrant du bon temps à Abby. Il le devait, car il refusait de laisser tomber Abby et Noah.

———

HUNT SE RENDIT à la maison qu'il louait au bord du lac, agrémentée d'un emplacement pour amarrer son nouveau Cobalt. Elle faisait le triple du chalet d'Abby, et pourtant il préférait ce dernier. Il était rempli des rires de Noah, de bacon croustillant, et de plantes qui fleurissaient au contact d'Abby.

Hunt balaya son intérieur du regard. Non, il n'y avait pas de vie dans cet endroit. C'était un lieu où il se lavait et dormait, c'est tout.

Il rassembla rapidement ses vêtements et ses affaires de toilette et ferma la maison. Il avait déjà donné son préavis au propriétaire, et il ne lui restait donc pas grand-chose à prendre. Il avait loué la maison meublée et son Cobalt était amarré depuis peu au ponton du Club Tahoe.

Hunt avait envoyé un texto à ses frères ce matin pendant qu'Abby prenait sa douche, les convoquant à une réunion. C'était sa semaine de lune de miel ; ils pouvaient bien se libérer une heure pour lui.

Sa lune de miel… Ouais, il n'avait pas pensé à ça. Était-ce le fait qu'il la laisse seule qui avait assombri l'humeur d'Abby ?

Quand Adam et Wes s'étaient mariés, Hunt et ses

frères ne les avaient pas vus pendant des semaines à cause de leur lune de miel (*sexuelle*). Ils avaient disparu de la circulation, alors que lui, le lendemain de son mariage, abandonnait déjà sa femme. Mais ce n'était pas un mariage d'amour, même si les activités du matin présageaient d'autres réjouissances…

Il se passa les doigts dans ses cheveux encore mouillés de la douche qu'il avait prise chez lui. Bizarrement, il avait déjà l'impression de tout foutre en l'air. Ce rendez-vous entre frères était pour elle. Elle comprendrait peut-être une fois qu'il lui aurait expliqué.

Hunt se gara à côté des voitures de ses frères, devant le chalet de Levi. Il inspira à fond et descendit de sa Range Rover. *C'est maintenant ou jamais.*

Il monta les marches du porche et frappa par politesse un coup à la porte avant d'entrer.

– Salut.

Hunt se pencha pour caresser la chienne de Levi, Grace, qui avait entrepris de lécher sa chaussure et sa jambe de pantalon.

Wes bâillait sur le canapé, et Levi enlaçait la taille d'Emily, près de l'îlot de cuisine.

Hunt y regarda à deux fois. Il n'avait jamais vu Emily en legging et t-shirt. Elle portait toujours sa tenue de travail, une jupe droite et un chemisier la plupart du temps.

Adam se servait une tasse de café, les cheveux hirsutes. À croire qu'il tombait du lit.

– Salut tout le monde, dit Hunt.

Bran, en chaussettes, s'étira dans le fauteuil inclinable, les pieds surélevés.

– On a tous des trucs à faire. C'est quoi l'urgence ?

Hunt avisa leurs tenues décontractées et leurs t-shirts froissés. Visiblement, ils se la coulaient douce aujourd'hui.

– Vous n'avez pas l'air occupé.

– Certains d'entre nous aiment passer du temps avec leur femme le week-end, dit Levi. Qu'est-ce qui t'arrive pour délaisser ta femme le lendemain de votre mariage ? Je ne pensais pas que tu chercherais à t'échapper aussi vite.

Et voilà… le jugement. Levi pensait que Hunt ne prenait pas le mariage au sérieux. Certes, il ne s'était pas marié pour les raisons conventionnelles, mais son souci de s'occuper d'Abby et de Noah était on ne peut plus sérieux.

Hunt chassa la colère provoquée par les paroles de Levi et se recentra sur la raison de sa visite.

– Est-ce que l'un d'entre vous a réfléchi à ce qu'on allait faire de la maison ?

À sa connaissance, aucun d'eux n'avait mis les pieds dans la maison familiale depuis la mort de leur père deux ans plus tôt. La seule personne qui entrait dans la propriété ces derniers temps, c'était Esther, l'ancienne secrétaire d'Ethan Cade.

Esther avait toujours entretenu le manoir de leur père à Tahoe de son vivant. Il était logique qu'elle y passe de temps en temps, entre ses rencontres de « célibataires aux tempes grises » et ses entraînements sportifs pour senior.

– Je n'ai pas beaucoup pensé à notre ancienne maison, dit Levi. J'étais trop occupé à faire tourner le complexe hôtelier. Et puis, Esther veille à son entretien.

– Elle dit qu'elle est en bon état, intervint Emily. Mais Esther m'a dit aussi qu'elle est vieillotte. Personnellement, je n'ai jamais vu l'endroit.

Elle fusilla Levi du regard. Il écarquilla les yeux comme un animal pris dans les phares d'une voiture.

– Quoi ? protesta-t-il. Cette maison est hantée, Emily. Aucun de nous ne veut y aller.

– Ouaiiiiiiis, dit Hunt. À ce propos. Que penseriez-vous

de la retaper ? La remettre en état pour la vendre, par exemple.

Adam tendit les bras au-dessus de sa tête.

– Oui, on devrait la vendre. Personne ne veut y vivre.

– Eh bien, hésita Hunt. Peut-être une personne, si.

Les yeux d'Adam s'arrondirent.

– Que veux-tu dire ?

Hunt avait besoin d'un lieu respectable où vivre avec Abby et Noah. L'avocat n'était pas allé jusque-là, mais il était logique qu'ils s'installent dans une maison où nul ne pourrait douter de leur solidité financière. Abby ne voulait pas bouleverser la vie de Noah après le mariage, mais il faudrait des semaines avant que le manoir soit habitable. S'il y avait une propriété impressionnante au lac Tahoe, c'était bien le manoir de la famille Cade. Et Hunt voulait mettre toutes les chances de leur côté au cas où les services de l'enfance viendraient fouiner comme ils l'avaient fait quelques semaines plus tôt.

Personne ne détestait plus la demeure familiale que Hunt. L'intérieur était atrocement froid. Heureusement, le parc était dans leur enfance le domaine et le refuge de Hunt et ses frères. Leur père ne se souciait jamais de ce qu'ils faisaient dehors tant que l'intérieur, où il recevait ses relations professionnelles, rutilait.

– Si ça vous intéresse de rénover le manoir pour le vendre, dit Hunt, je peux faire les travaux. Mais j'aimerais y vivre avec Abby et Noah.

Inutile de mentionner pourquoi il voulait la maison pour lui et sa femme. Ses frères étaient suffisamment méfiants. S'ils apprenaient que son mariage était une supercherie visant à faire croire qu'Abby pouvait subvenir aux besoins de son fils, ses frères ne lui feraient plus jamais confiance.

La confiance était une chose fragile. Une fois perdue, il

était difficile de la reconstruire. Hunt l'avait appris à ses dépens.

— Ce n'est pas la pire des idées, déclara Levi. Tant que ça ne dérange pas Abby. C'est un vrai bordel de vivre dans les travaux.

Hunt s'appuya contre le mur.

— J'y ai réfléchi. Je demanderai à Lewis de faire le gros œuvre et la plomberie lourde d'abord.

Levi fronça les sourcils.

— Tu en as déjà parlé à Lewis ? Et il a accepté ?

— Ben, pas exactement.

Les entreprises de construction étaient débordées l'été au lac Tahoe. C'est pourquoi Hunt avait parlé du projet de rénovation à leur ami Lewis, propriétaire de Sallee Construction, *avant* d'aborder le sujet avec ses frères.

— Il a du taf, mais un des projets qui devaient commencer est bloqué par le service des permis de construire. Il a une liste d'attente, mais il veut bien nous mettre en tête si le chantier démarre tout de suite.

— C'est idiot de garder le manoir si on ne l'utilise pas, dit Bran en haussant les épaules. Le Club Tahoe tourne bien, la situation financière est stable. Ce n'est pas une mauvaise idée de nous attaquer à ce chantier maintenant.

Levi paraissait dubitatif.

— Je ne sais pas.

Hunt pesta intérieurement. Évidemment, Levi ne lui faisait pas confiance.

— Je suis partant pour que Hunt soit le fer de lance du projet, dit Bran en matant Wes.

— Moi aussi, déclara Wes du canapé.

Adam regarda sa montre.

— Tant que je n'ai pas à m'en occuper, je n'ai rien contre. Mais on devrait engager un décorateur d'intérieur. Je doute du bon goût de Hunt.

– D'abord, j'ai un goût excellent. Toutefois, Lewis m'a déjà mis en contact avec un décorateur parce que je sais reconnaître quand je suis dépassé.

– Pas toujours, marmonna Levi.

Hunt s'étira le cou, mouvement qui fit craquer les tendons. Calme, il devait rester calme. Sauter à la gorge de son frère parce qu'il se comportait comme un abruti ne convaincrait pas les autres qu'il pouvait gérer un chantier de cette envergure. Mais avant que Hunt ne s'en prenne à Levi, Adam le sauva.

– Alors, c'est réglé, dit-il en se dirigeant vers la porte. Je dois y aller, mais tenez-moi au courant.

Hunt regarda Levi, qui n'avait pas accepté. Emily lui donna un petit coup de coude dans les côtes.

– OK, dit-il.

Une réponse laconique qui suffisait à Hunt. Il n'en ferait pas plus pour Levi.

D'un pas sautillant, Hunt partit annoncer la bonne nouvelle à Abby. Ou ce qu'il espérait être une bonne nouvelle. Elle ne voulait pas de grands changements pour Noah, mais il faisait *tout* cela pour Noah. Elle serait d'accord.

À l'évidence, il connaissait mal les femmes. Du moins, cette femme.

Chapitre Vingt-Et-Un

Abby posa le panier à linge sur la table.

– Une nouvelle maison ? Je te l'ai dit, je ne veux pas perturber la vie de Noah plus qu'elle ne l'est déjà.

Hunt ne l'avait pas écoutée. Il ignorait ses souhaits et prenait des décisions dans son dos. Son pouls s'affola, son cœur battant à tout rompre. Qu'est-ce qui lui avait pris de l'épouser ?

Hunt leva les mains.

– Écoute-moi. Techniquement, ce n'est pas une nouvelle maison ; c'est celle dans laquelle j'ai grandi. Et on n'emménagera pas avant plusieurs semaines. Il va y avoir du gros œuvre à faire. Je ne veux pas que ma famille vive dans un chantier.

Sa famille. Noah et elle ne lui appartenaient pas. À moins que Hunt ne prenne ce mariage plus au sérieux qu'elle ne le pensait. Mais pourquoi le ferait-il ?

– Je te demande juste d'y réfléchir, d'accord ? On pourrait y emmener Noah et voir quelles modifications on pourrait faire.

– Donc ce n'est pas acté. Tu n'as pas pris une décision majeure dans mon dos.

Hunt mit la main sur le cœur.

– Je ne ferais jamais cette bêtise.

Abby regarda autour d'elle. Son chalet était petit, mais cosy. D'accord, un peu *trop* cosy.

– Pourquoi maintenant ?

– Mes frères et moi rechignons depuis des années à nous occuper de la propriété familiale. C'est la première raison. La deuxième, c'est que je pense que vivre dans la maison où j'ai grandi neutralisera les attaques de Vivian. Je n'ai pas de goûts de luxe, mais mon père en avait, et la maison qu'il a construite est impressionnante. On vivrait dans un endroit luxueux, à proximité du club et de ton travail, et surtout, sans loyer. La maison est payée. Ça te permettrait de faire des économies.

Là il parlait sa langue. Pas de loyer ? Elle aimerait économiser une partie de ses revenus au lieu de les engloutir dans les frais de logement au lac Tahoe.

– Je n'ai pas dit que j'étais d'accord, mais est-ce que tes frères vont accepter ?

Hunt renifla.

– Mes frères sont contents de déléguer les travaux de rénovation de la maison familiale. On paie l'entretien de toute façon, alors qu'elle est inoccupée. Autant faire les rénovations pour pouvoir la vendre.

Abby n'avait jamais rien eu gratuitement dans sa vie. Jusqu'à l'arrivée de Hunt. Et elle ne savait pas quoi penser. Oui, c'était merveilleux de voir quelqu'un faire preuve de générosité à son égard, mais que pourrait-elle bien lui offrir en contrepartie ?

– Tu es sûr que tes frères n'auront pas l'impression qu'on profite de la situation ?

– Bien sûr que non. On leur rend service.

Abby soupira et entra dans la cuisine. Elle posa les mains sur le comptoir en Formica défraîchi.

– Je suis d'accord pour emmener Noah la voir, mais s'il semble mal à l'aise, ou qu'il n'a pas envie de quitter notre maison, je n'accepterai pas l'arrangement.

– Ça me va.

———

– Ouiii ! cria Noah en courant dans le jardin de la propriété.

Abby tiqua. Elle avait visiblement mal évalué l'enthousiasme de son fils pour une nouvelle maison. Surtout s'il s'agissait d'emménager dans une vaste demeure montagnarde et moderne de trois étages.

Hunt la regarda en haussant les sourcils.

– Très bien. Il aime le jardin. Mais cet endroit est immense, ajouta-t-elle en regardant la porte d'entrée. Et s'il se perdait ?

Hunt hocha sagement la tête, même si elle savait que sa remarque était stupide.

– C'est à prendre en compte. Cependant, mes frères et moi ne nous sommes jamais perdus, et je fais confiance à Noah. Il connaîtra probablement mieux la maison que nous dans un jour ou deux. Mais n'allons pas plus vite que la musique. (Était-ce un sourire confiant sur le visage de Hunt ?) Jetons un coup d'œil à l'intérieur et on verra ce qu'en pense Noah.

Oui, Hunt dégoulinait bien de confiance. Merde. Il savait quelque chose qu'Abby ignorait.

Il monta les marches du perron en caracolant et tapota un code sur un clavier.

La porte s'ouvrit. Ce que vit Abby lui coupa le souffle.

– Putain de merde.

– *Maman*, la tança Noah en rigolant.

– Je veux dire : oh, la vache.

Elle montrait déjà le mauvais exemple ; son enfance dans un mobile-home remontait à la surface.

– Ouah, s'exclama Noah en regardant autour de lui. Tu vis vraiment ici ?

Hunt s'agenouilla à côté du petit garçon et examina le hall cathédrale avec des fenêtres donnant sur la forêt.

– Quand j'étais enfant, oui. Qu'est-ce que tu en penses ?

Les yeux de Noah brillèrent.

– C'est immense. Je peux courir partout ?

– Amuse-toi.

Noah décolla comme une fusée, traversa le hall et s'engouffra dans un couloir. Abby entendit résonner ses cris et ses rires.

Elle jeta un regard oblique à Hunt.

– Ça ne veut rien dire.

Il sourit.

– Si tu le dis, ma femme.

Un frisson lui parcourut la colonne vertébrale. Il faisait de l'humour, mais quelque part, elle pensait qu'il aimait l'appeler « ma femme » et c'est ce qui lui embrouillait l'esprit.

– Es-tu sûr de n'avoir jamais été marié ? Parce que tu sembles connaître les réponses magiques pour obtenir ce que tu veux.

Il pouffa.

– Je n'ai jamais été marié. Mais je suis attentif aux autres.

– Ça explique que tu sois si doué avec les femmes, dit-elle, n'aimant pas ses propres mots.

Hunt lui prit la main et cessa de sourire.

– On a un accord, Abby. Je m'engage envers toi tant qu'on est ensemble.

Des fourmis coururent le long de son bras où sa paume tiède tenait la sienne. Elle interprétait ses réactions, se demandant s'il pouvait y avoir plus.

Elle retira lentement sa main, traversa la salle à manger et entra dans la cuisine. Les pas de Hunt résonnèrent derrière elle.

Elle regarda par-dessus son épaule et le surprit à observer les lieux d'un air sombre.

Elle oublia ses inquiétudes au sujet de leur mariage. Que représentait réellement cette maison aux yeux de Hunt ?

Il voulait qu'elle vive ici, mais dès qu'il avait franchi le seuil, son attitude avait changé. Il se tenait sur ses gardes.

– Ça va ?

Il hocha la tête, les épaules secouées d'un frisson.

– Je ne suis pas venu ici depuis un moment. C'est plus vieillot que dans mon souvenir. Cette cuisine est merdique.

La « cuisine », au top du haut de gamme, était mille fois mieux que celle qu'elle partageait avec Noah. Hunt ne se plaignait pas de son modeste chalet, mais il critiquait le manoir montagnard ? S'ils emménageaient dans la propriété familiale de Hunt, ce serait de loin la plus belle maison dans laquelle Abby n'ait jamais vécu.

Toutefois, dans l'optique d'une vente, elle voyait que la cuisine avait besoin d'être rénovée. Elle devait dater de plus de vingt ans. Quiconque dépensait autant d'argent s'attendait à une pièce plus moderne. Mais elle ne comprenait pas pourquoi cette cuisine vieillotte le rendait si ronchon.

– C'est tout ce qui ne va pas ?

Hunt fourra les mains dans les poches de son jean, raide, et resta là, sans répondre. Ou incapable de répondre.

Quelque chose dans cette maison le mettait en colère.

S'ils décidaient de vivre ici, elle voulait s'assurer qu'*il* serait heureux de ce choix. Elle tenta une autre approche.

– Comment était-ce de grandir ici ?

– Froid, dit-il sans détour.

Abby rit tristement.

– Et tu veux qu'on emménage ici ?

Hunt regarda autour de lui en poussant un grand soupir.

– C'est temporaire. En plus, j'ai l'intention de transformer l'intérieur jusqu'à ce qu'il soit presque méconnaissable.

Elle fronça les sourcils.

– Quelle est la vraie raison pour laquelle tu n'aimes pas cette maison ?

Il regarda sur le côté, semblant chercher Noah. Abby entendait son fils courir à l'étage supérieur.

– Mon enfance était… différente. Ce n'était pas horrible, mais j'étais seul. Ma mère est morte quand j'étais bébé, et mon père était un bourreau de travail. Quand il était là, il ne s'intéressait pas à nous. Je ne sais pas, dit-il en haussant les épaules. On était cinq garçons, c'était dur à gérer. Je ne peux pas lui en vouloir de nous avoir délaissés.

Abby déglutit. Elle avait de la peine pour lui. Elle avait envie de le consoler, de prendre Hunt dans ses bras. Envie de hurler sur son père qu'il aurait dû être présent pour ses fils. Elle se battait pour élever son enfant, alors que cet homme avait gâché sa chance d'élever ses fils dans l'amour paternel.

Abby se contenta de passer un bras sous celui de Hunt, ne sachant pas comment *son mari* interpréterait ce geste.

– Tu es le meilleur avec les enfants du Club Kids, et Noah t'adore. Si tu n'as pas eu une enfance heureuse, ça ne se voit pas.

Il détourna le regard.

– Je n'aime pas voir les enfants seuls. D'ailleurs, dit-il en souriant, d'après mes frères, j'ai le même âge mental qu'eux. On s'entend bien.

Abby lui serra le bras.

– Tes frères ont tort. Tu es un homme merveilleux et tu feras un excellent père. Tu es déjà un modèle génial pour Noah.

Hunt la dévisagea, surtout pour jauger de son sérieux. Puis ses yeux s'enflammèrent et balayèrent son visage avant de se poser sur ses lèvres.

Abby repensa immédiatement au matin de la veille, et au regard de Hunt lorsqu'il lui avait donné ce plaisir incroyable.

Seigneur, il était redoutable.

Elle s'éclaircit la voix.

– Allons chercher Noah. J'ai peur qu'il soit perdu dans le labyrinthe.

Elle fit mine de s'éloigner, mais Hunt la retint par la main. Il attendit qu'elle croise son regard.

– Abby, je ne te laisserai pas tomber.

Il avait lu dans ses pensées, car elle *avait* peur. Mais pas de lui. Elle avait peur de tomber amoureuse d'un homme qu'elle ne pouvait pas avoir.

Chapitre Vingt-Deux

Hunt n'arrivait pas à desserrer les poings tandis qu'il parcourait la vieille maison à la recherche de Noah. À quoi songeait-il en convaincant Abby d'emménager ici ?

Quand il avait pris cette décision, c'était uniquement pour protéger Abby et Noah. Il avait oublié à quel point cet endroit lui évoquait la mort. Tout lui revenait tristement en mémoire, des souvenirs derrière chaque porte poussée, chaque meuble où ses yeux se posaient.

Hunt trouva Noah dans son ancienne chambre, ce qui le ramena dans le passé durant un instant.

– C'est ta chambre, dit Noah allongé sur le sol, les bras croisés sous la tête, au lieu d'occuper le lit jumeau poussé contre le mur. Quand on vivra ici, je veux ta chambre.

Contrairement au reste de la maison, l'ancienne chambre de Hunt ne le perturbait pas. Elle avait été son refuge.

– Comment sais-tu que c'était ma chambre ?

Noah se leva et courut vers la penderie. Il montra du doigt l'intérieur du montant de porte.

Gravée dans le bois, il y avait l'inscription *Hunt était ici*.

Il l'avait gravée à huit ans, à peine plus âgé que Noah.

Le père de Hunt n'était pas rentré à la maison un soir. Il avait confié Hunt et ses frères à la gouvernante, qui les avait envoyés au lit à dix-neuf heures pour ne pas avoir à s'occuper d'eux. Hunt avait investi la penderie et créé un fort, restant debout bien après l'heure du coucher. C'était l'une des nombreuses nuits où il s'était imaginé en pirate, le sauveur des innocents.

Il secoua la tête. Quelqu'un aurait dû apprendre à l'enfant qu'il était la définition d'un pirate. Aujourd'hui encore, il considérait instinctivement tout marin, homme ou femme, comme un gardien de la mer — ou du lac dans son cas. Il s'était promis de sauver les autres, car personne ne l'avait jamais sauvé. Pourtant, la seule chose qui lui permettait de braver le passé en ce moment et de ne pas s'enfuir en courant, c'était Abby et Noah. Il faisait cela pour eux.

Ce qui était une pensée flippante.

Hunt était de plus en plus attaché à sa nouvelle petite famille. Certes, il était en mesure de les aider maintenant, mais il n'était pas naïf. Au fond de lui, il savait que ses frères avaient raison. Il finirait par merder, et ne serait jamais bon pour personne à long terme.

Noah courait de chambre en chambre en poussant des exclamations extasiées, et même Abby, sa jeune épouse sceptique, se pâmait. Les seules personnes hantées par ce lieu étaient Hunt et ses frères.

Il mettrait la maison à nu, jusqu'aux chambranles s'il le fallait. D'une manière ou d'une autre, il la transformerait en un endroit agréable à vivre pour Abby, Noah et lui.

Il passa une paume sur son front moite.

— Hunt, dit Abby dans son dos (il ne l'avait pas entendue arriver, perdu dans le passé). On n'est pas obligés de vivre ici.

Avoir peur d'une maudite maison était tout simplement impossible.

— Est-ce que ça veut dire que tu l'envisages sérieusement ?

Elle montra du doigt Noah, de l'autre côté du couloir, qui sautait sur l'ancien lit de Wes.

— Je crois que je n'ai pas le choix. Noah adore cette maison. Mais nous n'avons pas un lourd passé ici, contrairement à toi. On sera tout aussi heureux chez moi.

Les épaules de Hunt se tendirent. La seule chose positive compensant les défauts de la bicoque d'Abby, c'était ses occupants. Sinon, le petit chalet était délabré et situé dans un quartier pourri. Il n'était pas assez bien pour Noah et Abby. Pas s'ils voulaient réduire à néant l'espoir des grands-parents d'obtenir la garde de Noah.

Hunt devait agir en homme et se défaire de son passé.

— Alors c'est une affaire qui roule. On emménagera dès que le gros œuvre sera terminé. Tu es d'accord pour faire travailler les ouvriers de Lewis ? Je les connais pour la plupart, et je confierais ma vie à Lewis.

— Je te fais confiance, alors ça marche pour moi.

La poitrine de Hunt se serra. Personne ne lui avait jamais accordé une confiance absolue. Les femmes, ses frères — tous l'aimaient bien, mais ils étaient assez malins pour ne pas lui faire confiance. Jusqu'à Abby.

Mais Abby était douce, et une maman protectrice et aimante. Elle ne s'en laissait pas conter, pourtant elle semblait avoir une confiance absolue en lui. Comment diable avait-il réussi cet exploit ?

Maudit soit ce manoir. Il le faisait douter de lui, lui rappelait son enfance et ses racines.

La fin justifie les moyens, se dit-il. La propriété impressionnait tout le monde ; elle dissuaderait les grands-parents de Noah. Et il prouverait à ses frères qu'il pouvait relever le défi de la rénover.

Ses frères s'étaient engagés corps et âme dans le Club Tahoe depuis qu'ils en avaient pris la direction, à l'exception de Hunt. Ce serait sa façon de montrer sa valeur.

———

IL ÉTAIT TARD quand Hunt ramena Abby chez elle. Elle prépara un dîner rapide composé de pâtes aux boulettes de viande, puis Hunt lut une histoire à Noah.

— Une autre ! Une autre ! scandait Noah dans sa chambre.

Il était enchanté que son meilleur copain du Club Tahoe vive avec eux, et il ne pouvait pas s'empêcher de parler de leur « nouvelle maison ».

Abby passa une tête dans la porte.

— Pas question, petit mec. Tu as eu des journées bien remplies cette semaine. Tu as besoin de dormir.

Hunt et Noah froncèrent les sourcils, assis sur le lit. C'était le spectacle le plus triste qu'elle n'ait jamais vu.

— Très bien, concéda-t-elle. Une dernière, mais ensuite, tu dors.

Noah bondit du lit et se précipita vers l'étagère des livres sous le regard ravi de Hunt. Il semblait aussi heureux de lui lire une autre histoire que le garçonnet l'était de l'écouter. Incroyable.

L'histoire terminée, Abby et Hunt dirent au revoir à Noah, et Abby ferma doucement la porte de sa chambre.

Elle hésita dans le couloir, se balançant d'un pied sur l'autre.

— Bon… dit-elle.

— Bon, répondit-il, sa lèvre se retroussant légèrement.

Bon sang, c'était gênant. Ils n'étaient pas un couple,

pourtant ils avaient fait des trucs intimes dans la chambre l'autre matin.

Hier soir, ils avaient passé tellement de temps à déballer les affaires de Hunt et à trouver de la place pour les ranger, avec Noah qui débarquait toutes les deux secondes, que leurs activités du matin n'avaient pas eu lieu. Hunt avait dormi dans le lit avec Abby, mais ils s'étaient écroulés tous les deux à peine la lumière éteinte.

Ce soir, ils n'étaient plus crevés par le déménagement. S'attendait-il à ce que l'épisode d'hier matin se reproduise ? Le voulait-elle ?

Une vague de chaleur lui lécha le ventre. Maudit Hunt Cade et ses doigts magiques. Elle pourrait y prendre goût, et que deviendrait-elle alors ? Une fille seule et sans Hunt.

—Tu veux prendre la salle de bain en premier ou j'y vais ?

— Vas-y, dit-il. J'ai un email à envoyer à Lewis. J'aimerais le retrouver au manoir demain pour que son équipe commence les démolitions.

Ah oui, les démolitions. Il n'y avait qu'Abby qui pensait au sexe en ce moment. C'était la faute de Hunt ; il était trop doué pour ça.

Reprends-toi, femme !

Hunt appréhendait le retour dans la maison familiale. Mais c'était peut-être là qu'elle pouvait le remercier pour tout ce qu'il faisait pour elle. Elle l'aiderait à réaliser les travaux de rénovation maintenant qu'elle n'avait plus besoin de faire des heures sup pour joindre les deux bouts, et ensemble, ils effaceraient les mauvais souvenirs.

Abby se brossa les dents, passa une chemise de nuit et un shorty, et se glissa sous les draps. Elle entendit Hunt entrer dans la salle de bain, mais à ce moment-là, ses paupières s'alourdirent et la page de son livre devint floue.

Elle posa le roman sur la table de nuit. Elle allait passer

une nouvelle nuit dans un lit avec Hunt, et un frisson de plaisir lui électrisa le corps. À partir de maintenant, Noah étant là, ils allaient dormir dans le même lit. Malgré ses pensées émoustillantes, la fatigue l'emporta et elle sombra dans le sommeil.

Quand Abby ouvrit les yeux, une aube bleue filtrait à travers le store ; il devait être tôt.

Elle repensa à la veille au soir. Elle avait dû s'écrouler. Elle ne se souvenait pas que Hunt était entré dans la chambre, et elle comprit instinctivement qu'il n'était pas dans le lit. Elle se rappelait précisément la masse du corps chaud de Hunt près d'elle. Il n'y avait pas de chaleur, pas de creux du matelas, pas de bras qui l'enlaçait d'un geste possessif.

Elle s'assit. Était-il déjà parti pour la journée ? Il semblait impatient de rencontrer son ami Lewis pour commencer les travaux…

Et puis, Abby l'aperçut.

Hunt était allongé au sol sur une couverture, exposant son torse dénudé. Il avait un bras replié sous la tête, les cheveux en bataille, de longs cils ombrant ses pommettes saillantes.

Abby se reput de la scène comme une femme affamée. Son regard s'attarda sur le renflement de ses biceps, ses épaules larges et musclées, jusqu'à ses abdos bien dessinés qu'elle mata sans vergogne.

Jusqu'à présent, elle n'avait pas eu le loisir de voir le beau Hunt Cade dans toute sa splendeur, parce que *bon sang*.

Quand elle leva les yeux, il l'observait. Il la regardait en train de le regarder. Il l'avait surprise en train de le reluquer, et cela ne semblait pas le gêner. Pas du tout. En fait, il la fixait comme s'il avait envie de la croquer.

C'était grave.

– Maman ? appela Noah du couloir, d'une voix endormie.

– Merde.

Abby regarda autour d'elle. Elle était foutue. Pas à cause des pensées sexuelles qui irriguaient son esprit, mais parce que Hunt était censé se trouver au lit avec elle. Même Noah savait que les gens mariés dorment dans le même lit. Il l'en avait informée hier soir, car il s'inquiétait qu'elle ne sache pas comment traiter son jeune époux.

Les yeux de Hunt s'arrondirent, il jeta la fine couverture sur le côté et sauta dans le lit. Elle n'eut qu'une fraction de seconde pour lui faire de la place avant qu'il ne se blottisse contre elle. Son sexe bandé s'écrasa contre son dos.

Abby glapit et Hunt lui pinça la hanche.

– Chut, dit-il en l'avertissant du regard.

Comment était-elle censée se taire alors qu'il pressait son membre palpitant de désir contre son corps ?

– C'est ta faute, marmonna-t-il. Tu ne peux pas me jeter ce genre de regard au petit matin sans t'attendre à ce que mon corps réagisse.

Elle tenta de tourner la tête pour répondre une grivoiserie quand Noah entra dans la chambre.

– Salut, mon chéri, dit Abby d'une voix aiguë.

Noah grimpa sur le lit, inconscient du trouble d'Abby.

Hunt la colla contre lui pour faire de la place à Noah.

– J'ai bien dormi, leur dit-il en bâillant. Qu'est-ce qu'il y a pour le petit déjeuner ?

Abby s'éclaircit la voix, arracha ses pensées de l'homme incroyablement chaud et sexy qui l'enlaçait, et dit :

– Et si tu allais te brosser les dents pendant que je prépare des œufs brouillés ?

– Du pain perdu.

Abby écarta les cheveux fins de Noah et lui embrassa le front.

— Du pain perdu, ça marche.

— Deux tranches, s'il te plaît, dit Noah.

— Six pour moi, déclara Hunt, ce qui fit rire le garçonnet.

La bouche d'Abby se tordit.

— Comme c'est vous qui mangez le plus, je me demande bien pourquoi c'est moi qui fais la cuisine.

Noah descendit du lit sans cesser de rire.

Quelques secondes plus tard, elle l'entendit claquer la porte de la salle de bain.

Elle poussa un soupir de soulagement. Mais Hunt ne la lâcha pas une fois Noah parti. Oh, bien au contraire, le vilain garçon baissa lentement la tête et l'embrassa dans le cou à un endroit érogène.

— Ça ne marchera pas, dit-elle en tournant le cou pour lui échapper.

Parce qu'au secours ! Un mec chaud bouillant qui embrasse une zone érogène ! Et l'autre matin, il avait tiré quelques gouttes d'eau au puits sexuel asséché depuis des années.

— Oh si, ça marche, susurra-t-il.

Était-ce une référence à l'érection palpitant entre ses cuisses ?

— Tu es vilain.

— J'aimerais l'être. Je pense qu'on devrait réviser les règles de notre mariage.

Il fit courir ses lèvres sur la peau fine de sa gorge.

Oh mon Dieu. Elle avait épousé Hunt pour protéger Noah, mais elle réalisait maintenant le danger de la situation : elle avait aussi épousé l'homme le plus sexy de la ville. Aucune femme n'était assez forte pour lui résister.

— Je ne peux pas, Hunt.

Il leva la tête et la regarda d'un air grave.

– J'attendrai.

Elle tordit sa bouche. Elle ne s'attendait pas à ce qu'il dise ça. Il savait aussi bien qu'elle qu'ils jouaient avec le feu en étant plus intimes.

– Tu sembles terriblement sûr de toi. On était d'accord sur le fait que s'impliquer trop serait une mauvaise idée.

– L'implication émotionnelle est dissuasive. Mais je pense que l'implication purement physique serait bénéfique pour nous deux, comme on l'a vu l'autre matin, dit-il avec un sourire coquin.

Elle lui donna un petit coup d'épaule dans l'estomac en se levant du lit, et il étouffa un rire.

Il s'allongea sur le dos, les bras derrière la tête, et lui fit un grand sourire.

– Je suis là si tu as besoin de moi.

C'était le problème. Elle avait trop besoin de lui.

Chapitre Vingt-Trois

Hunt examina la cuisine qu'il avait revue hier pour la première fois depuis plus de dix ans et grimaça. Quel idiot de penser que c'était une bonne idée de revivre dans cette vieille baraque ! Il avait envie de se gifler.

– Vire tout, dit-il à Lewis.

Lewis sortit son mètre rétractable.

– Je dois donner les mesures à notre archi pour qu'il reconfigure la cuisine, mais sinon, on peut commencer dans deux ou trois jours.

Hunt se demanda ce qu'il faudrait faire d'autre pour rendre l'espace habitable, avec tous les mauvais souvenirs qu'il charriait.

– Je veux aussi tout arracher dans l'entrée. Même les moulures du plafond. Et le sol tant qu'on y est. Et il faut changer toutes les portes intérieures, ajouta-t-il en tournant lentement sur lui-même. Abats aussi les murs entre la cuisine et le salon. Et celui entre la cuisine et la salle à manger. Il y a trop de foutus murs dans cette baraque.

Lewis haussa un sourcil.

– Tu as dit qu'il s'agissait d'un rafraîchissement.

Hunt ravala la bile acide qui était remontée dès qu'il avait franchi le seuil.

— J'ai changé d'avis. Si je dois vivre sous ce toit, il faut que ça ressemble à une autre maison.

— Pourquoi ne pas la démolir ?

Hunt lui lança un regard interrogateur.

— On peut faire ça ?

Lewis éclata de rire.

— Bon sang, Hunt, je plaisantais. Ce manoir a dû coûter une fortune à construire, et il est en excellent état. Mais ne t'inquiète pas. On va tout changer et tu auras l'impression que c'est une autre maison.

— Tu vas abattre les murs intérieurs aussi ?

Lewis passa d'une pièce à l'autre.

— Je le ferai s'ils ne sont pas porteurs. Je vais faire monter les gars dans le grenier et faire venir l'architecte d'intérieur. Tu cherches quel style de déco ?

Hunt réfléchit un moment.

— Quelque chose qui ne détonne pas avec l'extérieur. Chaud. Un peu comme Abby a arrangé son intérieur.

— Tu veux que l'archi discute avec ta femme ?

Le voulait-il ? Ses frères pourraient s'y opposer étant donné qu'Abby était une nouvelle venue dans la famille et qu'il s'agissait de leur maison d'enfance… Mais ils lui avaient donné carte blanche et Abby avait un don pour créer un foyer chaleureux. Même dans la bicoque merdique qu'elle louait.

— Ouais. Organise un rendez-vous entre l'architecte et Abby. Je m'en remettrai entièrement à ses choix.

— Sage décision. Gen approuverait, dit Lewis en prenant des notes. Elle aime beaucoup Abby, au fait, après l'avoir rencontrée au mariage. Elle dit que tu as fait le bon choix.

Lewis était plus âgé et plus proche de ses frères, mais ils

faisaient tous partie de la même bande d'amis d'enfance. Et apparemment, Gen, la fiancée de Lewis, avait un goût excellent, car Abby *était* un bon choix.

Abby ne ressemblait à personne d'autre. Sous la blouse et les cernes noirs se cachait une femme magnifique. Franchement, Hunt la trouvait sexy en blouse aussi, et ses cernes s'estompaient depuis qu'elle faisait moins d'heures. Mais il ne s'agissait là que de l'apparence. C'était aussi une maman géniale, drôle, fougueuse et, bon sang, sexy en diable. Elle l'ignorait sans doute, mais elle le tuait à petit feu en partageant sa chambre.

Hunt avait eu un avant-goût d'Abby lors de la nuit de noces, et maintenant, il pensait sans cesse aux bruits sexy qu'elle faisait en prenant son pied, à la douceur soyeuse de sa peau sous ses doigts, et à l'expression de joie sur son visage quand elle atteignait l'orgasme. Il voulait la faire jouir tous les jours, toute la journée. Mais il se contenait. Ce qui signifiait qu'il risquait d'exploser.

Être allongé à côté d'Abby la nuit et ne pas pouvoir la toucher ? Une torture. La plus douce des tortures. Mais il refusait d'aller plus loin sans qu'elle lui donne le feu vert.

———

UNE SEMAINE PASSA, et Hunt se jeta à corps perdu dans les travaux de rénovation. C'était soit ça, soit se jeter d'une falaise par frustration sexuelle.

Ça lui faisait du bien. Il ne s'était jamais privé des plaisirs de la chair. Ça lui forgeait le caractère, se persuadait-il.

S'il avouait à ses frères qu'il n'avait pas fait l'amour depuis sa rencontre avec Abby, ils ne le croiraient pas. Ils pensaient qu'il s'éclatait avec sa jeune épouse. Ils ignoraient que c'était la plus longue période d'abstinence de sa vie d'homme.

Lewis et son équipe de démolition avaient détruit la cuisine et les salles de bain, et abattu les murs du rez-de-chaussée. L'un des murs était porteur, mais Hunt voulait quand même le démolir. Il dut payer une petite fortune pour faire installer une poutre de soutien géante, mais il ne le regrettait pas. Plus l'endroit changeait, moins il lui rappelait son enfance. Si seulement il pouvait mettre son épouse temporaire dans son lit — au sens figuré…

Hunt allait devenir fou. Pas tant à cause de l'abstinence, mais du fait d'être allongé à côté d'une femme qu'il désirait de plus en plus chaque jour.

Plus il pensait à Abby et à leur *arrangement*, plus il était convaincu qu'une relation physique était la bonne solution. D'accord, très bien, il était excité à mort et son épouse bidon était incroyablement belle. Il suffisait qu'elle se penche pour attraper le film alimentaire dans le tiroir du bas pour qu'il bande. Ça le rendait fou.

Le cerveau de Hunt avait toujours échoué à imaginer un avenir avec une femme. Mais pour la première fois, il n'avait pas peur de s'engager sérieusement si c'était avec Abby. Pour Hunt, c'était énorme.

Ça devait être dû au manque de sexe. Sinon, cela n'avait pas de sens.

Il sortit son téléphone et envoya un texto à Abby.

Hunt : Qu'est-ce qu'on mange ce soir ?

Il avait proposé de rapporter des plats à emporter du Club Tahoe plusieurs fois cette semaine, mais Abby refusait. Elle se plaignait des quantités de nourriture que Noah et lui ingurgitaient, mais ça ne semblait pas la déranger de cuisiner, même si elle ne voulait pas l'admettre.

Abby : Noah vient de manger des pâtes au fromage. Tu voles en solo. Maria et moi allons écouter de la musique.

Hunt : Qui garde Noah ?

Abby : J'espérais que mon mari s'en chargerait ;)

Abby : Si tu n'es pas dispo, je peux appeler ses grands-parents. Bien que je déteste les solliciter. Je peux aussi rester à la maison…

Pas question. Si quelqu'un avait besoin de se détendre, c'était bien Abby. Entre l'école et son boulot, cette femme travaillait plus que tous ceux qu'il connaissait. Hunt était heureux qu'elle ait réduit ses heures depuis leur mariage. De plus, un peu d'espace leur ferait du bien. La tension sexuelle dans leur maison était intense. Une nuit de plus dans le même lit sans la toucher, et le toit risquait d'être soufflé.

Hunt : Je m'occupe de Noah. Une soirée entre mecs !

Abby lui envoya un emoji cœur et sa poitrine se gonfla.

C'était si facile de lui faire plaisir. Et s'occuper de Noah était fun. Ils boufferaient des saloperies, au grand dam d'Abby, mais c'était une *soirée entre mecs* et la malbouffe était obligatoire.

Hunt réfléchit aux menus possibles en se garant dans l'allée du petit chalet d'Abby, sa maison depuis une semaine. Hamburgers et frites ? Crème glacée ? Il y avait le fondant au chocolat au Club Tahoe dont raffolait Noah…

Il monta les marches et entra avec la clé qu'Abby lui avait donnée. Noah, installé à la table, construisait une tour avec des formes géométriques magnétiques.

– Salut Noah. Tu as passé une bonne journée ?

– Géniale ! Maman te laisse me garder ce soir, s'exclama Noah en bondissant sur sa chaise.

Hunt sourit et posa ses clés et son portefeuille sur le comptoir de la cuisine.

– J'ai appris ça. Commence à réfléchir au film que tu as envie de voir.

Il remplit un verre d'eau et but. Puis deux événements se produisirent en même temps : Noah se mit à citer des titres de dessins animés et Abby entra dans le salon, les yeux baissés, en tirant sur l'ourlet de sa robe.

Hunt s'étouffa et recracha sa gorgée d'eau.

Les longs cheveux châtain clair d'Abby cascadaient sur ses épaules, et elle était maquillée, ce qui la propulsait de la catégorie beauté naturelle à celle de top-modèle époustouflante.

À quoi pensait-il en laissant sa femme sortir en ville sans lui ? Elle allait se faire draguer de tous les côtés.

Noah éclata de rire.

– Tu as recraché ton eau !

Il courut vers sa mère et lui enlaça la taille.

– Tu es jolie, maman.

Abby sourit et l'embrassa sur la tête.

– Merci, mon chéri.

Elle regarda Hunt, qui lui fit les gros yeux.

Qu'est-ce qui lui prenait de s'habiller comme ça ? C'était une femme mariée, pour l'amour du ciel. D'accord, c'était un mariage blanc, mais peu importe. On devait croire qu'elle était *à lui*. Et Hunt ne partageait pas.

– Je peux te parler une minute ? dit-il.

Abby le fixait toujours d'un air perplexe, mais elle hocha la tête et se tourna vers Noah.

– Sois sage ce soir, d'accord ? Essaie de ne pas manger toutes les cochonneries que Hunt a achetées pour ce soir.

Noah rigola.

Pris en flag. Mais Hunt n'avait pas honte. *Soirée entre mecs.*

Il saisit Abby par le coude tandis qu'elle ramassait son sac à main, et il l'entraîna dehors, prenant soin de fermer la porte pour ne pas qu'on les entende.

– Où vas-tu ?

Abby fouilla dans son sac et sortit ses clés de voiture.

– Je te l'ai dit dans le texto. Je vais écouter de la

musique avec Maria, dit-elle en plissant les yeux. Je crois qu'on va dans une nouvelle brasserie qui organise des concerts de groupes prometteurs.

Hunt plaqua une paume contre le chambranle, et posa l'autre main sur la hanche d'Abby.

— Ça ne me plaît pas.

Elle mata la main sur sa hanche, et fronça les sourcils.

— Tu ne veux pas garder Noah ? Parce que je…

— Ce n'est pas ça.

Il la déshabilla d'un regard brûlant, s'attardant sur ses hanches et ses seins moulés dans la petite robe noire stretch qu'elle portait. Cerise sur le gâteau, des escarpins noirs accentuaient le galbe de ses jolies jambes. Il avait envie de lécher chaque centimètre de son corps.

— Je ne fais pas confiance aux hommes célibataires qui vont te croiser. Ni aux hommes mariés, d'ailleurs, ajouta-t-il après un instant de réflexion.

Les lèvres d'Abby se retroussèrent.

— Hunt, tu réalises à quel point c'est ridicule ?

— Que je sois un abruti possessif ? Oui. (Il se pencha et la respira.) Tu sens trop bon, putain.

Abby réprima un sourire, mais elle se pencha aussi.

— C'est idiot. Je ne suis pas sortie avec un homme depuis le père de Noah. Notre fausse nuit de noces est l'expérience la plus osée de ma vie depuis des lustres.

Il réduisit l'espace entre eux et lui effleura la bouche des lèvres.

— Ça, c'est sûr. Et je te réserve d'autres plaisirs. J'ai envie de toi.

Elle soupira.

— Tout est de ta faute. La faute de tes biceps. De ton torse. De tes mains baladeuses. Après qu'on-on… Bref, cette semaine a été bizarre. On n'aurait jamais dû faire ce qu'on a fait pendant notre nuit de noces, parce que maintenant, je ne pense plus qu'à ça.

Au moins, ils étaient sur la même longueur d'onde.

– On se désire. On est mariés. Si tu y penses, c'est notre boulot de procréer.

Il lui fit un sourire grivois.

Elle pointa un doigt vers lui.

– Ce n'est pas vrai, et tu le sais. Coucher ensemble compliquerait les choses.

– Ou les rendrait *moins* compliquées. Rien n'est plus stressant que la tension sexuelle qui règne dans cette maison. Considère la satisfaction de nos besoins comme une thérapie. Parce que je te promets que tu seras complètement détendue quand j'aurai fini.

Elle déglutit.

– Je vais y réfléchir. Après ma soirée avec Maria. J'ai tout abandonné quand j'ai rencontré le père de Noah. Je ne recommencerai pas.

– Je ne te demande pas de renoncer à tes amis. Mais seulement, n'oublie pas ce qui t'attend à la maison.

Il l'embrassa en lui enlaçant la taille d'un bras et en la collant contre son torse, exprimant avec sa bouche toutes les choses qu'il voulait lui faire avec son corps.

Il l'écarta doucement, mais elle vacilla sur ses talons et le regarda d'un air étourdi.

– Appelle-moi si tu as besoin d'un garde du corps, dit-il en la déshabillant du regard. Cette robe va faire des ravages au sein de la population masculine locale.

Puis Hunt fit ce qu'il n'était pas sûr de pouvoir faire : il regarda Abby s'éloigner.

Chapitre Vingt-Quatre

Maudit Hunt et ses baisers. Comment Abby était-elle censée passer une bonne soirée alors qu'elle ne pensait qu'à la façon dont il la faisait fondre juste avec sa bouche et sa langue ? Ce qui l'incitait à imaginer d'autres endroits où sa langue ferait des merveilles…

Elle se prit la tête entre les mains.

– Tout va bien ? s'enquit Maria.

Abby leva les yeux et sourit.

– Oui, ça va.

– Tu es sûre ? Parce que j'aurais juré que tu déclinerais mon invitation ce soir, maintenant que tu as un beau mari sexy dans ton lit, railla-t-elle en faisant un clin d'œil exagéré.

Maria était au courant de l'arrangement avec Hunt, mais apparemment elle espérait un autre dénouement.

– Ça ne dérangeait pas Hunt.

En réalité, c'était faux. Il n'avait pas l'air d'accord. Mais il l'avait laissée partir sans discuter.

Hunt était peut-être possessif, mais il lui faisait confiance, et cette combinaison était sexy à mort. Oh, il avait pris soin de marquer son territoire par un baiser sulfureux, et c'était démoniaque de sa part, s'assurant ainsi qu'elle ne pensait qu'à ce qui l'attendrait à son retour. Et plus elle y songeait, plus elle avait envie de céder à ses avances.

Faire l'amour. Avec Hunt Cade, le champion des exploits sexuels.

Mais c'était plus qu'une simple attirance, voilà le danger. Ce n'était pas purement physique ; ça ne l'avait jamais été. Il avait peu à peu révélé l'homme généreux et attentif derrière ses airs de playboy. Et il aimait son fils. Abby pourrait facilement tomber amoureuse de son mari, et ce serait catastrophique. Aux dires de tous, Hunt Cade n'était pas fait pour la vie de couple.

Quelques heures plus tard, après avoir écouté de la musique et une conversation qu'elle peinait à suivre, Abby sortit de sa voiture et remonta l'allée de son chalet. Tout semblait calme ; les lumières étaient éteintes et le scintillement de la télé filtrait à travers le store. Hunt devait être encore debout.

Elle inspira à fond et ouvrit la porte sans faire de bruit pour ne pas réveiller Noah dans l'autre pièce, la maison faisait la taille d'une boîte à chaussures.

Mais Abby ne trouva pas Hunt debout, et Noah n'était pas dans son lit.

Hunt était étendu sur le canapé, une jambe posée au sol pour supporter son poids, et la tête calée sur l'accoudoir. Et Noah était étendu sur lui, bouche ouverte, sur le dos. Le bras de Hunt ceinturait Noah, protégeant l'enfant jusque dans son sommeil.

Abby inspira et expira lentement pour refouler ses émotions, mais les larmes lui montèrent quand même aux yeux. Elle n'avait jamais vu son fils, blotti contre Hunt, aussi proche d'une figure paternelle, et un petit cri de surprise lui échappa.

Hunt ouvrit les yeux. La confusion se lut sur son visage avant d'apercevoir Abby. Il jeta sur elle un regard sombre et possessif avant de baisser les yeux, apparemment surpris de voir Noah endormi sur lui.

D'un mouvement souple, Hunt se releva en soulevant Noah. Il le porta en silence dans sa chambre.

Abby enleva ses chaussures et se servit un verre d'eau dans la cuisine. Elle avait besoin de se vider la tête. Il n'était pas question que l'adorable scène entre Hunt et Noah la pousse à aller plus loin avec Hunt.

Très bien, ça la chamboulait.

Elle n'avait jamais vu son fils aimer un homme comme il aimait Hunt. Et Abby ne pouvait pas lui reprocher, car elle tombait amoureuse de lui, elle aussi.

Hunt revint au salon en frottant ses cheveux ébouriffés. Puis il s'étira en bâillant.

– Ça va ? demanda-t-il.

Abby posa son verre sur le comptoir et s'avança vers lui.

– Noah dort ?

– Comme un sonneur, dit-il en souriant adorablement. Je crois que je me suis écroulé aussi. Désolé, je ne voulais pas qu'il s'endorme au salon.

Abby se fichait que Noah ait veillé tard. Cet homme s'était occupé de son fils et l'avait dorloté, alors qu'a priori il n'avait aucune raison de l'aimer autant.

Elle ouvrit la fermeture éclair au dos de sa robe.

– Abby, dit-il tout bas, on n'est pas forcés de faire ça. Je veux dire, on peut. Mais sache que je ne t'arrêterai pas.

Il se frotta la mâchoire tandis qu'elle faisait glisser la robe sur sa taille et ses hanches, dévoilant des dessous en satin noir. L'étoffe tomba en tas sur le sol.

— Je ne veux pas que tu te sentes obligée, ajouta-t-il.

Obligée ? Elle était la femme la plus chanceuse du monde qu'un homme comme Hunt la désire. Il n'avait pas quitté son corps des yeux en parlant. Mais maintenant il sondait son regard, lui offrant des informations lisibles et d'autres indéchiffrables. Le désir, l'admiration, et quelque chose de plus profond.

Elle s'avança et se colla contre lui, puis elle attira son visage à elle pour réclamer un baiser.

Il n'en fallut pas plus à Hunt.

Il lui enlaça la taille et la souleva, l'enivrant de ses lèvres et de sa langue. Il la porta dans la chambre et ferma doucement la porte, conscient même sous le feu de l'action de la présence de l'enfant.

Il traversa la pièce et s'enfonça dans le matelas, laissant Abby lui tomber dessus en douceur.

Il se tourna sur le côté en allongeant Abby sur le dos.

— Tu veux toujours le faire ?

Il promena la main sur ses côtes et son soutien-gorge en satin noir, effleurant des doigts un mamelon.

— Si tu t'arrêtes maintenant, souffla-t-elle, je te tue.

Hunt fit planer sa bouche au-dessus de sa gorge en émettant un grognement d'approbation viril. Puis son soutien-gorge s'envola et sa petite culotte glissa sur ses jambes. Elle ne prit conscience de sa nudité que lorsque l'air de la clim lui durcit les tétons.

Abby se redressa. Elle était nue, certes, mais Hunt était habillé.

— Enlève ta chemise. Tout de suite.

Autoritaire, mais peu importe. S'ils le faisaient, elle ne manquerait rien. Elle voulait voir Hunt dans toute sa splendeur.

Il passa les mains dans son dos et ôta sa chemise par la tête tandis qu'Abby triturait la braguette de son jean.

Doigts fébriles ou pas, elle se sentait toute puissante. Il était *son* homme. Sans doute pas pour toujours, mais pour le moment.

Hunt se mit debout et se débarrassa de son jean et de son caleçon. Il les envoya valser au loin et se glissa sur le lit à côté d'Abby.

Il faisait nuit, mais il filtrait suffisamment de lumière par le store de la fenêtre pour qu'elle n'en croie pas ses yeux. Aucun homme n'était mieux gaulé que Hunt.

Elle caressa doucement ses épaules larges, sa poitrine, ses abdos fuselés, traçant des doigts les lignes musculeuses.

Hunt souriait d'un air indulgent. Jusqu'à ce qu'elle enroule la main autour de son érection.

Il laissa échapper un soupir rauque et se tendit.

— Abby, allons-y doucement. Ça fait un bail. Je ne passe jamais autant de temps sans…

Elle le regarda dans les yeux.

— Ta réputation est-elle fondée ?

Il opina, d'un air sérieux.

— Tu peux encore renoncer.

Hunt était plus que sa réputation de dragueur. Elle n'avait jamais eu de raison de douter de sa loyauté envers elle ou Noah.

— Je ne reculerai pas, mais on devrait utiliser quelque chose…

— Toujours. Je mets toujours un préservatif, affirma-t-il.

— Très bien, alors.

Abby remit la main sur son sexe, reprenant où elle l'avait laissé. Elle désirait Hunt plus qu'elle n'avait jamais désiré aucun homme.

Il roula sur elle et plongea les yeux dans les siens. Puis son regard erra sur sa poitrine et ses bras.

— Tu es si belle que je ne sais pas par où commencer. Tu es un festin pour un homme affamé.

Elle sourit, puis il lui prit la bouche et elle cessa de sourire. Il darda la langue, l'excitant délicieusement, avant de briser leur baiser pour lui lécher le mamelon. Pas de préliminaires avec les mains et les doigts. Juste une langue habile sur le bout dur de son sein.

Abby faillit se redresser, mais Hunt la maintint plaquée au matelas d'une paume légère pressée sur sa poitrine.

Puis il s'aventura plus bas, ses doigts traçant le contour de ses seins tandis que sa bouche descendait lentement, saupoudrant sa peau de baisers. Il s'attarda sur son ventre, le lécha, et fit traîner ses lèvres et sa langue jusqu'au pli de l'aine.

Hunt lui leva le genou, et lui écarta les cuisses, mais elle n'eut pas le temps d'invoquer la pudeur. Il lécha le pli entre son sexe et sa cuisse, la faisant se tortiller.

Il était tellement près…

Sa main passait d'un sein à l'autre, lui titillant et lui pinçant délicatement les tétons tandis que sa bouche embrassait et léchait la peau tendre à l'intérieur de la cuisse. Il lui effleurait de l'autre main la jambe, caressant la zone sensible à l'arrière du genou avant de remonter sur la cuisse, allumant un brasier en elle.

Abby allait lui dire de passer aux choses sérieuses quand il lui pinça le mamelon et appuya sa langue à plat sur son clitoris.

Elle se cambra et cria.

– Tsss… Ne réveille pas Noah. J'ai d'autres projets pour toi.

Oh le pervers, les promesses érotiques… Et comment diable pouvait-il stimuler autant de zones érogènes à la fois ?

Sa réputation *était* peut-être méritée finalement — non en raison du nombre de ses conquêtes, mais de la dextérité de ses gestes. Elle devrait se soucier des raisons pour lesquelles il était devenu si expert, mais pour l'instant, ce n'était vraiment, vraiment pas le sujet.

Les yeux d'Abby se révulsèrent. Elle ne pouvait rien faire d'autre que savourer le plaisir que lui procuraient les attouchements de Hunt.

Et puis sa langue retourna à la source de toutes les zones érogènes, et il aspira, suça et lécha, avec juste ce qu'il faut de pression, le nœud nerveux qui semblait être le centre de l'univers. Elle se contorsionnait sans pudeur sur le lit, et gémissait en se retenant de crier.

Elle allait jouir comme la dernière fois. Violemment et rapidement. Et elle n'arrivait pas à en avoir honte. Pas quand elle implorait mentalement la libération orgasmique.

C'est alors que la bouche de Hunt s'écarta de son sexe et qu'il s'assit.

– Hein… ? fut tout ce qu'elle réussit à dire avant qu'il ne la retourne sur le ventre.

Il passa un bras autour de sa taille et la redressa jusqu'à ce qu'elle sente la chaleur de son torse dans son dos. Il inséra les cuisses entre ses genoux, et remit la main sur son clitoris, où ses doigts reprirent leur danse experte.

Il recommençait à le faire, le truc multitâche. Elle entendit le son d'un emballage qu'on déchire, mais ses doigts ne cessèrent jamais d'opérer leur magie, tourbillonnant autour de son clitoris et s'enfonçant en elle. Et soudain, il lui écarta les jambes de sa cuisse puissante et plaqua une main sur un sein tandis que l'autre la torturait délicieusement, la taquinant d'un doigt sacrément coquin.

Il la pénétra centimètre par centimètre.

Hunt Cade était bien proportionné. Partout. Elle avait vu son membre, mais maintenant qu'il bougeait lentement en elle, elle avait envie de crier son plaisir. Ils s'imbriquaient à la perfection. Ou peut-être était-ce sa peau brûlante et le rythme érotique imprimé par ses mains sur son corps. Quoi qu'il en soit, il la droguait au plaisir. Et l'amena au bord du gouffre avant même d'être complément fiché en elle.

Abby résista et Hunt la remplit jusqu'au dernier centimètre. Il continua de lui infliger le supplice de ses caresses sensuelles une fois en elle. Avec son dos plaqué contre son torse, à genoux tous les deux, il avait accès à toutes les parties de son corps et il en profitait.

Elle rejeta la tête en arrière quand l'orgasme la cueillit et Hunt continua de la pilonner savamment tout du long, jusqu'à son ultime spasme de plaisir.

Quelques instants plus tard, Abby s'effondra, incapable de tenir sur ses genoux.

Hunt l'aida à s'allonger sur le ventre, puis il la retourna comme une plume. Il replongea en elle, en plantant ses yeux bleus dans les siens. Il lui plia le genou et bougea jusqu'à ce qu'il touche un point sensible au fond de son ventre qui la fit gémir et grimper de nouveau au rideau.

Comment était-ce possible ?

Au moment où elle allait jouir pour la seconde fois, Hunt, synchrone, lui gémit dans la bouche et le cou en déchargeant. Le bruit rauque de son cri étouffé et ses mouvements saccadés et incontrôlés quand il se laissait aller étaient sexy à mort.

Abby s'accrocha à lui, le corps secoué de spasmes, tandis que le plaisir se répandait en elle.

Elle ne le lâcherait pas — pas tant qu'elle l'avait.

Hunt s'effondra sur elle, ses bras supportant une partie de son poids, le temps de reprendre son souffle.

Au bout de quelques minutes, il leva la tête, qu'il avait enfouie dans son cou. Une lueur malicieuse brillait dans ses yeux.

– C'était sympa. Prête pour le deuxième round ?

Chapitre Vingt-Cinq

—Le deuxième round ? répéta-t-elle, stupéfaite. Je me remets à peine du premier. Comment peux-tu être encore alerte ?

Hunt roula sur le côté, entraînant Abby avec lui.

— Tu m'inspires, souffla-t-il dans son cou, la chatouillant.

— Ou je suis la seule femme consentante dans les environs, dit-elle. Tu as promis de ne coucher avec personne d'autre. Ce n'est pas comme si tu avais le choix.

Une sensation nauséeuse vrilla l'estomac d'Abby. Hunt lui avait fait comprendre que ce mariage était un moyen de l'aider, rien de plus. Mais maintenant qu'elle avait passé du temps avec lui et appris à le connaître, elle n'était pas sûre de vouloir le laisser partir. Elle pensait pouvoir rester insensible à son charme. Mais elle savait maintenant que Hunt avait réduit à néant ses espoirs d'aimer d'autres hommes.

Elle ne pouvait plus étouffer ses sentiments naissants pour lui, même avant le sexe explosif.

Hunt se tendit et elle craignit qu'il ait lu dans ses pensées qu'elle en voulait plus.

– Ça va ? dit-elle.

– Je ne veux pas être avec toi parce que tu es la seule femme dans le coin. Tu le sais, n'est-ce pas ?

Pas vraiment.

– On est attirés l'un par l'autre, dit-elle d'une voix hésitante.

Parce qu'il existait une alchimie incroyable entre eux.

– C'est un euphémisme, répondit-il en secouant la tête et en regardant ailleurs. Je vais passer pour un salaud, mais tu es la seule femme avec qui j'ai jamais eu envie de m'engager.

– Oui, mais pour nous aider, Noah et moi.

Il avait accepté un mariage de convenance, mais Abby n'était pas naïve ; elle savait que c'était dû essentiellement à l'affection de Hunt pour son fils.

– Sans doute. Au début. Maintenant, je ne sais plus trop, dit-il.

Abby se figea.

– Qu'est-ce qu'il y a ? demanda-t-il.

– Rien.

Puis elle sourit et l'embrassa. Mais son cœur et son esprit étaient en émoi. Elle ne pouvait pas risquer de compromettre leur arrangement pour des sentiments bâtis sur un terrain instable. Et si Hunt paniquait au fur et à mesure que leurs liens se resserraient et qu'il la quittait ? Elle se retrouverait à la case départ, seule, et dans le collimateur des grands-parents de Noah.

Depuis leur mariage, Vivian était restée en retrait, ce qui enlevait un poids des épaules d'Abby. Pour rien au monde elle ne voulait perdre le terrain gagné sur les grands-parents. Même pas pour avoir une chance d'aimer.

Elle était une mère célibataire, et si une chose l'obligeait à museler ses sentiments, c'était son devoir envers Noah.

———

MALHEUREUSEMENT, la semaine suivante, Hunt testa la détermination d'Abby à rester insensible. Il prouva son endurance, et *bon sang*, la démonstration était concluante.

Dès que Noah dormait, Abby et Hunt se retiraient dans leur chambre et passaient la moitié de la nuit à expérimenter la vigueur de Hunt. Elle tirait *tellement plus* de bénéfices de ce faux mariage que lui.

Hunt était sans conteste le meilleur coup de sa vie. Et ça ne semblait pas le surprendre.

La nuit dernière, il l'avait prise dans ses bras au milieu de la nuit. « Encore une fois, » avait-il murmuré, mais s'agissait-il seulement de sexe ? Il semblait tenir à elle autant qu'elle tenait à lui.

Abby se pencha du lit, rougissant à ce souvenir, et tâtonna pour trouver le legging qu'il lui avait enlevé. C'était samedi matin et elle entendait Noah s'agiter dans sa chambre. D'une minute à l'autre, son fils allait faire irruption.

Hunt posa la paume sur ses fesses.

– Mmm.

Elle lui gifla la main.

– On vient de finir !

Il tourna la tête.

– La notion de *fin* existe-t-elle quand c'est si bon ?

Elle l'embrassa sur la bouche.

– Tu es terrible.

– Mais ça t'excite, non ?

Elle gloussa et enfila un t-shirt pour cacher la traître vérité. Parce que oui, ça l'excitait.

Presque tout ce que cet homme faisait était très excitant. Elle n'avait qu'à le regarder ces jours-ci pour que son esprit s'égare là où ses mains s'étaient baladées quelques heures plus tôt.

– On reprendra plus tard, dit-il en remuant les sourcils.

Il enfila un caleçon et un short de sport et se leva.

– Que penses-tu si j'emmène Noah à la maison aujourd'hui ?

La « maison », alias le manoir Cade.

La maison dans laquelle Hunt avait grandi devait faire au moins trois mille mètres carrés. Une telle démesure par rapport à l'enfance d'Abby qu'elle aurait aussi bien pu appartenir à une autre galaxie.

– Tu ne seras pas trop occupé ? demanda-t-elle.

Hunt haussa les épaules.

– Il peut jouer dans le jardin.

– Ah, oui, *le jardin*, sourit Abby. Aussi connu comme le vaste parc paysager qui entoure le manoir, avec une cabane en bois de deux étages.

– C'est là que je me cachais. Je ne peux pas blâmer Noah pour son excellent goût.

– Sérieusement, tu es sûr ? Il ne te gênera pas ?

Hunt mit un bras autour de ses épaules.

– Noah est mon pote. On traînera ensemble. Je ne resterai pas longtemps. J'ai juste besoin de vérifier quelques trucs. On a de la chance. Lewis avait tellement de gars disponibles après le report de son gros chantier qu'on va bientôt emménager. Je veux m'assurer que tout est prêt avant qu'on bouge. En plus, si je m'occupe de Noah, ma femme sera gentille et reposée à mon retour, susurra-t-il d'une voix rauque.

Il était impossible. Elle ne pouvait rien lui refuser quand il prenait cette voix grave et sexy. Pourtant, elle ne serait jamais aussi docile qu'avec le père de Noah.

Abby avait laissé Trevor prendre toutes les décisions dans leur couple, croyant que sa richesse et son éducation le rendaient supérieur. Mais elle avait eu tort. Elle avait presque tout perdu après la mort de Trevor. C'est pourquoi elle avait repris ses études à l'université locale dès que Hunt avait emménagé chez elle. Elle ne dépendrait plus jamais d'un homme.

Abby voulait un partenaire. Malheureusement, Hunt était devenu le partenaire idéal. Il lui demandait même son avis sur la rénovation du manoir et s'en remettait à son goût. Il ne dictait jamais sa loi et il l'aimait comme s'il n'y avait pas de lendemain. Qu'allait-elle faire ?

— Pourquoi j'ai l'impression que tu me laisses du temps libre pour des raisons égoïstes ? dit-elle en tentant de garder un ton léger.

— Parce que c'est la réalité ?

Il l'attrapa et la plaqua contre lui.

Abby écarquilla les yeux.

— Comment tu peux bander alors qu'on vient de faire l'amour ?

Il dégagea une mèche de sa joue et y fit courir ses lèvres.

— Je te l'ai dit. Tu m'inspires.

— Je t'inspire, c'est tout ? dit-elle, ses pensées dérivant vers une zone floue de son cerveau.

— Il est possible que je t'aime un peu, aussi, hésita-t-il avant de s'écarter, les yeux dans le vide.

Un stupide frisson d'excitation la traversa. C'était trop demander que les sentiments de Hunt aient évolué dans le même sens que les siens. Il lui avait déjà tant donné. Alors elle opta pour l'ironie.

— Un peu, c'est tout ?

— Beaucoup, dit-il en lui lançant un regard grave. Abby, c'est ma première relation sérieuse depuis très longtemps.

Une relation. Pas seulement un arrangement.

— Et c'est mal ?

– Je ne sais pas. Mon historique sentimental n'est pas glorieux.

Il aurait tout aussi bien pu lui verser un seau d'eau froide sur la tête. C'est pourquoi elle devait se souvenir de tout ce qu'elle avait perdu la dernière fois qu'elle était tombée amoureuse.

Elle ne savait pas si les grands-parents de Noah disposaient d'un droit légal sur son fils, mais elle ne prendrait aucun risque. D'où son mariage avec Hunt, à l'origine. Elle ne devait pas perdre de vue cet objectif.

L'expression d'Abby devait trahir en partie son tourment intérieur, car Hunt lui dit :

– Je ne te ferai pas de mal.

Mais elle aurait mal quand il partirait, même si elle gardait ses sentiments sous verrou. Elle pouvait mentir à Hunt sur la profondeur de son amour, mais elle ne pouvait pas se mentir à elle-même.

Hunt était la première personne à s'être soucié d'elle depuis des lustres, et en plus il était son amant. Et elle aimait son odeur, même après ses séances d'entraînement. Aucun homme ne sentait bon après le sport, mais Hunt sentait bon. Lorsqu'il dormait, elle se blottissait contre lui pour se réchauffer, et il ne repoussait même pas ses pieds gelés. Merde, c'était vraiment un mec en or.

Qu'allait-elle faire ?

Hunt ne pouvait pas la quitter, parce qu'elle était en train de tomber amoureuse de lui.

Chapitre Vingt-Six

Quelques jours plus tard, le domaine Cade était prêt à accueillir ses occupants.

Levi, Adam, Bran et Wes extirpèrent leurs longs membres de leurs véhicules et se grattèrent diverses parties du corps en bâillant.

– On dirait que vous avez la gueule de bois, dit Hunt en dévisageant ses frères tour à tour. Qu'est-ce que vous avez fait ?

Bran arqua un sourcil comme pour dire : « vraiment ? »

– On a regardé *Outlander* hier soir et Ireland s'est sentie inspirée par l'accent écossais. Elle n'a pas beaucoup dormi…

Il y avait des avantages à vivre avec une femme, et Hunt savourait lui aussi les plaisirs de la vie de couple. Par exemple, il avait presque couru il y a deux jours pour rejoindre Abby avant que Noah ne rentre à la maison. Mais un coup vite fait ne l'était pas vraiment (vite fait) si les deux parties recevaient leur content de plaisir et avaient encore le temps de se faire un câlin en papotant après l'amour.

Un câlin en papotant ? Il perdait la boule. Mais quelle belle façon de conclure.

C'est alors que Hunt réalisa autre chose. Pour la première fois de mémoire d'homme, il était sur la même longueur d'onde que ses frères au sujet de cette histoire de bonheur conjugal.

Mais le bonheur conjugal avait un inconvénient, raison sans doute pour laquelle Hunt l'avait naturellement évité. Il s'attachait un peu plus à Abby chaque jour, et cela ne lui était jamais arrivé. Jamais.

Wes lui jeta un regard furibond.

— On ne reste pas tous éveillés pour s'éclater au lit. J'ai un bébé. Ma principale activité consiste à lui courir après vingt-quatre heures sur vingt-quatre.

— N'hésite pas à nous l'amener si Kaylee et toi avez besoin d'un répit, proposa Hunt. Harlow me préfère de toute façon.

Wes ricana.

— Pas question. Kaylee m'a raconté tes tentatives de bourrage de crâne pour lui faire prononcer ton nom. Ne t'approche pas de ma fille, dit-il en pointant un doigt menaçant.

— Donc, je passe la prendre demain ? dit Hunt.

Wes leva les yeux au ciel.

— Ne lui donne pas de bonbons. Elle n'a pas encore été initiée au sucre industriel. Te connaissant, tu vas t'en servir pour la soudoyer.

Excellente idée, pensa Hunt.

Il adorait sa nièce. En fait, dès que son frère avait eu un enfant, Hunt avait ressenti l'envie d'avoir sa propre Harlow. Jusqu'à présent, Hunt ne pouvait pas imaginer une femme avec qui il voudrait avoir un enfant, mais Abby était une mère extraordinaire. Et Hunt aimait beaucoup s'entraîner à faire des bébés avec elle.

Il ne se lassait pas d'Abby et ne ressentait pas le besoin de prendre l'air. Au contraire, il la trouvait trop indépendante. Maintenant qu'elle avait plus de temps, elle était déterminée à obtenir son diplôme d'infirmière, ce que Hunt approuvait pleinement. Sauf quand les cours la tiraient trop tôt du lit. Cette partie lui cassait les couilles — il voulait Abby pour lui le matin avant que des petits pieds ne galopent vers leur chambre.

Hunt se gratta la tête tandis que ses frères avalaient leur café à l'odeur forte. Ils étaient venus filer un coup de main pour déménager leurs affaires au manoir Cade, maintenant que les rénovations étaient presque terminées. Le projet était de le vendre... ou pas ? La propriété était trop grande pour une famille de trois personnes, mais avec cette idée de bébé...

Depuis que Lewis et ses hommes avaient abattu les murs, Hunt se voyait bien vivre avec Abby à l'endroit où il avait grandi. Ce qui était assez déroutant en soi. Il n'avait jamais imaginé retourner vivre dans la maison de son père. Mais il était si excité à l'idée d'emménager aujourd'hui qu'il s'était levé à l'aube pour terminer les cartons de la cuisine.

En réalité, Abby, plus organisée que lui, avait fait la plupart des cartons, mais elle était occupée ce matin. Elle était partie en cours, alors Hunt avait déposé Noah au Club Kids et appelé ses frères.

Il était incapable d'expliquer comment il était tombé dans la marmite du bonheur conjugal, mais cela lui avait semblé inévitable dès le début. Il avait prétendu vouloir aider Abby à garder Noah. Il avait dit qu'il avait les moyens de la protéger de ses grands-parents. Tout cela était vrai. Seulement, il voulait aussi avoir Abby, même s'il ne se l'avouait que maintenant.

Hunt était dans la merde. Il avait essayé l'autre jour de dire à Abby que ses sentiments avaient évolué, mais il avait botté en touche.

Ils étaient mariés. Avait-il besoin d'exprimer ce genre de choses ? Il avait l'impression que tant qu'il ne merdait pas, c'était une affaire qui roule.

Wes examina le petit salon que Hunt partageait avec Abby et Noah.

– Tu es sûr que tu veux garder ces trucs ? Ils ne valent pas la peine d'être déménagés dans la nouvelle maison.

– Les meubles qu'Abby et l'architecte d'intérieur ont choisis pour la maison ne sont pas encore arrivés. Abby a dit que ça fera l'affaire pour le moment. Tu penses que je suis assez bête pour m'opposer aux décisions de ma femme ?

Bran et Wes échangèrent un regard et soulevèrent promptement le canapé pour le porter jusqu'au camion de déménagement que Hunt avait loué. *Hommes avisés.*

Hunt était riche. Il aurait pu payer des types pour galérer à leur place, mais il préférait emmerder ses frères. Leur fratrie fonctionnait ainsi.

Il leur fallut deux heures pour tout charger et décharger du chalet d'Abby vers un espace réduit dans un coin du salon du domaine Cade. Noah voulait dormir dans l'ancien lit de Hunt, alors ils avaient donné le sien et ils montèrent le lit d'Abby dans la suite parentale à l'étage.

Levi fit le tour du premier étage rénové, passant de pièce en pièce.

– Ce n'est plus le même endroit.

– C'était le but, dit Hunt en le suivant.

Levi se tourna vers lui.

– Je pensais que le but était de faire des travaux pour vendre. C'est quoi ces nouveaux meubles dont tu as parlé ?

– Il faut un minimum de déco. On a acheté juste l'essentiel. La plupart des pièces à l'étage seront vides, expliqua Hunt.

Ce qu'il ne précisa pas à son frère, c'est qu'il espérait vivre ici avec Abby pendant un certain temps avant de vendre. Non seulement parce que c'était une propriété de famille qui offrait un cadre de vie idéal pour Noah, mais aussi parce que le manoir Cade constituait un signe extérieur de richesse propice à débouter les grands-parents de Noah. Ils n'avaient pas embêté Abby depuis son mariage avec Hunt, mais autant enfoncer le dernier clou du cercueil de leur rêve d'arracher Noah à sa mère.

– Réjouis-toi qu'Abby ait un excellent goût, dit Hunt. L'architecte d'intérieur et elle ont fait un super boulot. Ça aura l'air d'un showroom une fois les meubles et la cuisine américaine installés.

Lewis et ses hommes avaient abattu les murs et arraché le placoplâtre, les revêtements et les peintures. Ils avaient également refait l'électricité et la plomberie pour la nouvelle configuration de la cuisine. Il ne restait plus que les finitions à faire, puis ils inviteraient les grands-parents de Noah pour leur montrer le confort dans lequel vivaient désormais Abby et leur petit-fils.

Levi et Hunt retournèrent au salon. Levi était si irrité que ses épaules tendues vibraient.

Hunt soupira. C'était trop attendre de son frère qu'il apprécie le travail qu'il avait fourni pour rénover le manoir. Ses autres frères semblaient agréablement surpris, mais Hunt aurait dû se douter qu'il ne pourrait jamais contenter Levi. Il ne savait même pas pourquoi il essayait encore. Peut-être pour se racheter de ses erreurs passées. Mais il avait d'autres priorités maintenant. Abby et Noah passaient en premier.

Levi jeta un œil aux cartons entassés dans le coin.

– Ça ne fait pas lourd, hein ?

– Non, convint Hunt.

Levi pencha la tête.

– C'est trompeur quand on y pense.

Son frère ne devait pas avoir pris assez de caféine.

– Qu'est-ce qui est trompeur ?

– Eh bien, dit Levi en grattant sa joue mal rasée. Pour moi, Abby a de lourds bagages, mais on ne le dirait pas en voyant ses affaires.

Qu'est-ce qu'il insinuait, bordel ?

– Je n'aime pas la façon dont tu parles de ma femme.

Levi n'était pas au courant de leur arrangement — raison de plus pour qu'il ferme sa gueule.

– Tu n'es pas assez mature sur le plan affectif pour être marié à une femme avec un enfant, dit Levi. Pire, un enfant dont le père est mort. Tu n'as pas ce qu'il faut.

Peut-être était-ce une colère résiduelle de l'enfance qui imprégnait encore les murs. Peut-être était-ce la pression de ne pas vouloir décevoir Abby. Quoi qu'il en soit, ces dix dernières années, Levi n'avait pas cessé d'exprimer son ressentiment pour Hunt, et ce dernier en avait marre.

– Un mot de plus et je te casse la gueule.

Levi se tourna vers lui.

– Tu as fait une erreur en épousant cette femme.

Hunt se jeta sur Levi, lui entoura le cou d'un bras et l'étrangla.

Levi pesait environ sept kilos de plus que Hunt, en raison d'un ou deux centimètres de plus, mais Hunt avait une masse musculaire puissante. Avec l'élan, Levi n'avait aucune chance. Il tomba par terre. Durement.

Levi roula et lui donna un coup de coude dans l'estomac.

— Tu as perdu la tête ?

— Je t'ai prévenu, grommela Hunt. J'en ai marre de tes conneries.

Adam accourut de l'entrée.

— Pas encore, pesta-t-il. Vous allez vous battre régulièrement ? Parce que je pensais que vous aviez réglé vos différends quand vous vous êtes battus à ma fête de fiançailles.

Adam tenta d'éloigner Hunt de Levi, mais Hunt lui donna un coup de boule qui le fit tituber en arrière.

Hunt se jeta de nouveau sur Levi ; cette fois, il frappa son frère à l'estomac et lui donna un coup de coude au menton. Du sang macula la lèvre de Levi.

Adam saisit Hunt par les épaules, et l'immobilisa en lui enfonçant un coude dans la colonne vertébrale.

Hunt tenta de se débarrasser d'Adam, mais il se retrouva plaqué au sol. Adam lui avait fait un croche-pied par-derrière.

— Hé, le BCBG coincé, s'esclaffa Hunt. Où tu apprends ces prises avec ton costard trois-pièces ?

Adam luttait avec Hunt pour le maintenir à terre, ignorant la pique.

— J'en ai ras le bol de vous voir vous battre.

Hunt laissa tomber sa tête en arrière et poussa un soupir. Adam avait raison. Hunt devait arrêter de réagir aux provocations de Levi. Ces conneries ne pouvaient pas continuer.

Adam relâcha son emprise et Hunt sauta sur ses pieds.

— Je suis heureux de laisser le passé derrière nous, dit-il en toisant Levi, mais je refuse d'entendre des saloperies sur Abby.

Wes et Bran avaient rappliqué en entendant l'agitation

au salon. Ils avaient les bras le long du corps, prêts à rentrer dans la bataille s'il le fallait.

– C'était un coup bas, Levi, accusa Bran.

Levi essuya le sang sur sa lèvre.

– Je n'ai pas dit de saloperies sur Abby. Je critiquais Hunt et son immaturité.

– Il me semble, dit Adam en brossant son pantalon, que vous avez tous les deux fait preuve d'immaturité. Hunt n'est plus un gamin qui se fait gronder, Levi. C'est un grand garçon. S'il fait des erreurs, c'est de sa faute.

– Merci, le fustigea Hunt.

À ce moment-là, Abby entra en courant dans la maison, et tout désaccord avec ses frères disparut. Parce qu'elle avait l'air paniquée.

Hunt se rua vers elle.

– Qu'est-ce qui ne va pas ?

– J'étais en route pour ici, dit-elle, quand j'ai reçu un appel du Club Kids. Il y a un problème à la plage… Noah est en danger.

Chapitre Vingt-Sept

Abby sentit la paume de Hunt au bas de son dos, qui la poussait vers sa voiture.

– Pourquoi aucun de vous n'est-il au club ? demanda-t-elle.

Elle avait reçu l'appel du Club Tahoe lorsqu'elle était en route pour le manoir Cade afin d'aider Hunt à déménager. Elle n'avait pas prévu de les trouver tous les cinq sur place.

– Mes frangins sont venus me filer un coup de main pour le déménagement. Je ne pensais pas que ça prendrait aussi longtemps.

– Mais vous vous disputiez quand je suis arrivée. Je pouvais entendre vos éclats de voix de l'extérieur.

Il lui ouvrit la portière côté passager, puis fit le tour de sa Range Rover en courant et grimpa sur le siège conducteur. Il démarra et sortit du domaine.

– On s'engueule tout le temps.

Abby ferma les yeux.

– Ce n'est pas le moment de vous disputer.

– Abby, oublie mes frères. Qu'a dit Kaylee au téléphone ?

Les mains d'Abby tremblaient.

– Il y a eu un accident, et ils ont appelé les garde-côtes.

Hunt serra le volant et appuya sur l'accélérateur.

– Ça va aller.

Comme elle ne disait rien, il lui prit la main, la forçant à le regarder.

– Je te le promets, Abby. Tout ira bien.

Son regard était si sincère, comme s'il pouvait sauver le monde. Mais en dépit de ses intentions, Hunt n'était pas surhumain.

– Tu n'en sais rien, dit-elle en pleurant, des larmes roulant sur ses joues. Kaylee n'a pas voulu me dire au téléphone ce qui est arrivé. Ça doit être grave.

Hunt ne répondit rien, mais sa mâchoire se crispa et il remit sa main sur le volant tandis qu'il fonçait sur la route sinueuse menant au club.

Peu après, il se gara devant une entrée latérale du Club Tahoe.

Il sauta de la voiture et courut vers la porte.

Abby le suivit rapidement.

Hunt ouvrit avec une carte magnétique et la laissa passer, mais dès qu'ils eurent franchi la porte, il sprinta vers la plage — et la foule qui s'y était rassemblée.

– Oh mon Dieu, glapit Abby, la poitrine serrée.

Elle n'arrivait pas à respirer, mais elle courut derrière Hunt, haletante.

Hunt sembla comprendre la situation plus vite qu'Abby, car il arracha son t-shirt et courut à fond vers le ponton, suivi de près par ses frères, sortis de nulle part.

Abby se précipita vers Kaylee, qui se tenait près du ponton, les bras autour des épaules d'un enfant du Club Kids. L'inquiétude se lisait sur son visage.

– Qu'est-ce qui s'est passé, Kaylee ? Où est Noah ?

Kaylee parla à voix basse au petit garçon, qui partit rejoindre les autres enfants.

Elle saisit la main d'Abby.

– L'un des bateaux s'est détaché du quai et on ne trouve pas Noah. On pense qu'il est à bord.

– Quoi ?! Où est le bateau ?

Elle scruta le lac. Hunt avait enfourché un jet ski et le démarrait.

Kaylee montra du doigt le vieux bateau en bois qui se dirigeait à vive allure vers un affleurement rocheux sur le rivage.

Abby vacilla.

– Non ! Je dois aller le chercher !

Kaylee la ceintura d'un bras ferme pour la retenir.

– Les secours arrivent. Si Noah est sur le bateau, il aura besoin d'une maman saine et sauve quand Hunt et les autres le ramèneront. Tu ne lui serviras à rien si tu t'es noyée en tentant de le rejoindre à la nage.

Abby ferma les yeux. Elle donnerait n'importe quoi pour que son fils soit en sécurité. Elle avait, d'ailleurs, tout abandonné pour qu'il ait un toit sur la tête. Et aujourd'hui, c'est pour la même raison qu'elle avait épousé Hunt.

Mais la relation d'Abby avec Hunt avait également mis Noah en danger, car elle avait accepté qu'il continue d'aller au Club Kids contre son instinct maternel. Mais peut-être que son instinct était guidé par la peur. En tout cas, la vie de son fils était en danger, et c'était à cause du Club Tahoe.

– Je ne comprends pas. Comment Noah a pu monter sur un bateau ?

– On n'est pas sûrs qu'il soit dessus, dit Kaylee. Un employé a vu le bateau s'éloigner du ponton et m'a demandé si c'était normal. Hunt n'étant pas là, le bateau n'aurait pas dû sortir. Mais les clés ont disparu et quelqu'un a détaché les amarres. On a contacté le bateau par radio, mais personne ne répond.

Au moment où Kaylee finissait sa phrase, Hunt filait à toute allure sur le lac en jet ski. Ses frères le suivaient dans un hors-bord du Club Tahoe. Les garde-côtes s'approchaient également du bateau en perdition.

— Mais comment vous avez pu perdre de vue mon fils ?

Kaylee ferma les yeux comme si elle souffrait.

— Il était avec les autres enfants ce matin ; je l'ai vu moi-même. Un des nouveaux moniteurs était responsable du Club Kids. Il ne connaît pas encore bien les enfants, et il n'a pas réalisé qu'il manquait Noah. On s'en est aperçu en même temps que de la disparition du bateau, dit Kaylee en pressant les épaules d'Abby. Les équipes cherchent Noah. On va le trouver. Il nettoie souvent le vieux bateau en bois avec Hunt, et comme c'est celui qui manque… on a peur qu'il soit à bord.

Abby avait vu Noah astiquer la coque en bois un soir où elle était venue le chercher en retard.

— Mon fils a cinq ans. Il ne partirait jamais seul en bateau.

Kaylee secoua la tête.

— Je te promets, Abby, que tout le monde cherche Noah. On a prévenu la police. On va ratisser chaque centimètre du complexe jusqu'à ce qu'on le retrouve.

Mais il ne fut pas utile de poursuivre les fouilles, car les garde-côtes indiquèrent par radio avoir abordé le bateau et trouvé Noah. Ils le ramenaient à terre.

Quelques minutes plus tard, Hunt débarqua sur le ponton, avec un Noah en larmes dans les bras. Abby courut à leur rencontre.

— Maman, pleura Noah en lui tendant les bras.

Elle le prit et le serra de toutes ses forces contre sa

poitrine. Si elle le pouvait, elle l'attacherait autour de sa taille et ne le laisserait plus jamais s'éloigner d'elle.

– Tu vas bien ?

Noah renifla, ses joues trempées mouillant le chemisier d'Abby.

– J'étais coincé sur le bateau, et il allait trop vite.

– Je sais, mon chéri. Comment es-tu monté sur le bateau ?

Noah se pencha en arrière et la regarda.

– Je travaille dessus avec Hunt.

Abby jeta un regard à l'homme en question, le visage rouge de fureur.

Hunt n'essaya même pas de masquer son effroi.

– J'ai astiqué la coque comme Hunt m'a appris, et j'ai rangé les chiffons sous la barre, dit l'enfant, visiblement fier de son « travail », puis ses yeux s'embuèrent de nouveau. Mais il s'est mis à bouger quand j'ai voulu partir, et je n'ai pas pu descendre. (Il se cacha le visage dans sa poitrine.) J'ai eu peur.

– Chut, le rassura-t-elle. Tu es en sécurité maintenant.

Abby regarda Hunt, mais il se dirigeait vers un de ses frères, en agitant furieusement les mains.

Kaylee la rejoignit.

– Abby, je suis désolée. On ne sait pas exactement ce qui s'est passé, mais quand Hunt a abordé le bateau, il a vu que l'accélérateur était bloqué. Quelqu'un a trafiqué la manette. On va mener l'enquête, d'accord ? Rien n'est plus important pour moi et le personnel du Club Kids que la sécurité des enfants.

– Ah oui, vraiment ?

Son fils avait été poussé dans l'eau, et maintenant, après que Hunt ait engagé du personnel supplémentaire pour surveiller les enfants, il avait failli mourir dans un accident de bateau.

– Encore une fois, je suis vraiment désolée, dit Kaylee en frottant le dos de Noah. Tu vas bien, Noah ? Tu n'es pas blessé ?

Noah secoua la tête, sans la regarder.

– Je le ramène à la maison, dit Abby.

– Bien sûr. Préviens-moi si vous avez besoin de quoi que ce soit. Je vous l'apporterai moi-même.

Abby observa Hunt au loin. Il avait les bras croisés et baissait la tête. Levi lui parlait, et il n'avait pas l'air heureux.

– Merci. Dis à Hunt…

Mince, que pouvait-elle lui dire ? Il venait de les faire déménager de sa propre maison, de sorte qu'elle ne pouvait plus y emmener son fils.

– Dis-lui que je le contacterai plus tard.

Abby ne pouvait pas se préoccuper de Hunt pour le moment. Elle ne pouvait pas non plus aller dans la maison où ils étaient censés vivre. C'était un lieu étranger pour Noah, et Hunt ne s'y trouvait même pas. Et il ne rentrerait pas avant des heures avec ce qui venait de se passer. Hunt était responsable de la plage et des activités nautiques du club ; ses frères ne le laisseraient pas partir avant que cette affaire ne soit résolue.

Non, Abby devait emmener son fils dans un endroit sûr et familier.

Elle prit son téléphone alors qu'elle quittait le Club Tahoe en portant Noah, épuisé, et commanda un Uber. Puis elle appela son amie.

– Maria ? Je suis en galère. Je peux dormir chez toi avec Noah ce soir ?

Chapitre Vingt-Huit

— Je n'arrive pas à croire que tu as laissé cet accident se produire.

Levi s'en prenait à Hunt et ce dernier ne pouvait pas lui en vouloir cette fois.

Il était en état de choc. Hébété.

S'il était arrivé quelque chose à Noah... Hunt ne voulait même pas l'imaginer.

Dès qu'il avait aperçu Noah à bord du bateau fonçant vers les rochers, il avait longé l'embarcation et sauté du jet ski. Il avait failli tomber à l'eau avant de réussir à grimper sur la coque en bois et s'emparer de la barre. Il avait viré brusquement et tiré sur la manette, bloquée en position d'accélération par une ficelle, quelques secondes avant la collision.

Le cœur battant, Hunt avait pris Noah dans ses bras et ils s'étaient blottis dans un coin du bateau jusqu'à ce que son rythme cardiaque ralentisse.

Les garde-côtes s'étaient arrimés au bateau, et Noah avait été silencieux pendant tout le trajet du retour.

C'était la faute de Hunt. Il avait encouragé cet enfant

solitaire à apprendre les rudiments du bateau, croyant bien faire. Mais Hunt était le seul solitaire, et il avait mis Noah en danger.

Quand Abby était partie, Hunt n'avait pas essayé de la retenir. Elle avait raison de le quitter. Pour protéger son fils. Parce que Hunt avait sauvé Noah de justesse cette fois. Il se sentait responsable du drame. Noah et Abby méritaient mieux que lui.

Pourquoi avait-il cru qu'il pouvait les sauver ?

Il rêvait de protéger les innocents, et quand il avait croisé la route d'Abby, il avait pensé pouvoir les aider, Noah et elle. Mais Hunt n'était pas le pirate sauveur de ses rêves d'enfant. Ni un mari capable de s'occuper de sa famille. C'était un raté. Comme Levi l'avait toujours dit.

— Lâche-le, Levi, gronda Wes. Il y a d'autres personnes qui surveillent les gamins, dont ma femme. Tu as entendu ce qu'a dit Hunt sur la manette bloquée par une ficelle. Et quelqu'un a sciemment détaché les amarres. Ce n'était pas un accident. Quelqu'un a fait ça.

— Tu n'en sais rien, rétorqua Levi. Et si Hunt avait laissé la clé sur le contact et que le gamin était monté à bord ?

Hunt le fusilla du regard.

— Je n'ai jamais de ma vie laissé la clé sur le contact. On a tous reçu la même formation sur la sécurité nautique, et je suis de loin le plus expérimenté de nous tous, vu que *c'est mon métier*.

Mais Levi ne l'entendait pas de cette oreille.

— On pourrait nous attaquer en justice, dit-il. Si ce n'est par la femme de Hunt, qui aurait le droit de faire un procès au club, alors par les parents des autres enfants, qui auraient pu être blessés aussi. On devrait fermer le Club Kids, conclut-il en arpentant le ponton.

— Non, protestèrent en chœur Emily et Kaylee.

Emily toucha le bras de Levi.

— C'est un club formidable pour les enfants. Écoute tes frères. Il y a quelque chose de louche. On doit enquêter.

Tandis qu'Emily raisonnait Levi, Bran s'approcha de Hunt.

— Hé, ça va ?

— Levi a raison. Je n'ai pas laissé la clé sur le contact, mais c'est quand même ma faute. Je suis responsable de la base nautique.

Hunt ne le reconnaîtrait pas devant Levi, mais il pouvait l'avouer à Bran.

Bran rit sombrement.

— Levi se trompe une fois sur deux. Mais il pense qu'il a tout le temps raison.

Hunt secoua la tête.

— J'ai merdé. Je ne sais pas où exactement, mais j'ai tout foutu en l'air.

N'avait-il pas toujours tout fait foirer ? C'était ce que Levi s'échinait à lui répéter. C'était ce qu'il avait cru bien avant cela, quand leur mère était morte pour lui sauver la vie. Au fond de lui, Hunt savait que c'était lui le problème.

— Hunt, dit Bran plus fort, Hunt n'ayant pas répondu la première fois. Levi a toujours été dur avec toi, même avant que tu sautes sa copine de lycée.

Hunt lui lança un regard noir.

— Merci de rappeler les vieilles histoires.

— Le fait est, poursuivit Bran, qu'il est l'aîné et que tu étais un bébé quand maman est morte. Papa était absent et Levi s'est efforcé de veiller sur nous tous, et surtout sur toi. Il te traitait comme s'il avait été ton père.

Hunt tressaillit.

— Putain, c'est une pensée horrible.

Bran sourit.

— N'est-ce pas ? Mais c'est la réalité.

– Eh bien, il doit couper le cordon. Je vais avoir trente ans et il a réussi à me donner des envies de meurtre, avec son amour paternel.

– C'est pourquoi je dis ça. Tu n'es pas irresponsable…

– Non. Il a raison à ce propos.

Bran empoigna l'épaule de Hunt.

– Hunt, arrête de te flageller. Emily et toi, vous avez conçu un programme pour enfants et vous en avez fait l'un des centres d'activités extrascolaires les plus prisés de la ville. Tu as quadruplé les activités nautiques du Club Tahoe, et tu es marié maintenant, avec une femme et un petit garçon qui t'aiment.

Bran se trompait, Abby le détestait en ce moment.

Mais Bran poursuivit.

– Tu as aussi réussi tout seul à transformer notre gros manoir puant le fric et figé dans le style merdique des années quatre-vingt en un endroit hyper cool.

– C'est Abby. Elle a choisi les meubles.

– La plupart des meubles ne sont même pas là, fit remarquer Bran. La maison est belle grâce à toi, imbécile. Tu n'es pas le méchant de l'histoire. Et je pense que tu le sais, sinon tu n'aurais pas épousé Abby.

Il ne l'aurait pas épousée ? Il avait voulu Abby et il avait été prêt à faire n'importe quoi pour l'avoir. Réparer sa voiture, payer pour que son fils vienne au Club Kids, l'épouser… Seulement Hunt avait l'esprit tellement embrouillé qu'il ne savait pas si c'était de l'amour ou de l'égoïsme.

Il avait commencé à croire, pour la première fois de sa vie, qu'il avait enfin trouvé une femme avec qui il pourrait rester longtemps. Mais il se demandait maintenant si c'était par besoin égoïste de ne pas être seul. Peut-être que ce qu'il ressentait n'était pas de l'amour.

Mais putain, ça lui avait fait mal quand il s'était retourné et l'avait vue partir.

– Réfléchis Hunt, dit Bran en le tirant de sa brume de doutes. Est-ce qu'un truc bizarre s'est passé ces derniers jours ?

– Bizarre ?

– Tu as dit qu'on avait trafiqué le bateau. As-tu vu quelqu'un d'inhabituel sur le ponton ? Un inconnu ?

Hunt le regarda d'un air perplexe.

– On dirige un complexe touristique. Il n'y a que des inconnus ou presque.

– Ne sois pas con. Tu vois ce que je veux dire. Quelqu'un qui avait l'air louche ?

Hunt allait se moquer de la paranoïa de son frère quand une pensée lui traversa l'esprit.

– Les nouveaux animateurs du Club Kids, ceux qu'on vient d'embaucher… je ne les connais pas si bien que ça.

– Et ?

Hunt repensa à ce matin quand il avait déposé Noah au club.

– Il y a un nouveau, je ne le sens pas. Il n'a rien dit de particulier, mais il n'est pas…

– Pas quoi ?

– Pêchu.

Hunt chercha le mot, mais c'était celui qui convenait le mieux.

– Pêchu ? répéta Bran. De quoi tu parles ?

Ses frères le rendaient complètement dingue aujourd'hui, et la coupe était pleine.

– Pêchu, imbécile… pétillant… heureux d'être avec des enfants.

Bran comprit enfin.

– Très bien. Commençons par là. On va interroger les

nouveaux employés. Et les animateurs du Club Kids. Ils ont peut-être vu quelque chose.

———

Lorsque Hunt revint au manoir après s'être fait cuisiner par ses frères et avoir parlé à la police, il n'y avait personne. Il se rendit à l'ancien chalet d'Abby, celui qu'il avait vidé le matin même, mais le propriétaire avait déjà changé les serrures, et la voiture d'Abby n'était pas dans l'allée.

Hunt n'avait pas réussi à protéger son fils ; évidemment, elle ne l'attendait pas à la maison. Cela ne l'empêcha pas de l'appeler.

Seulement Abby ne répondit pas. Et elle ne répondit pas non plus le lendemain.

Hunt errait dans les pièces du manoir Cade redécoré tel un fantôme, contournant les ouvriers, les yeux dans le vide. Il n'avait aucune idée de l'endroit où Abby s'était réfugiée, et Noah n'était pas au Club Kids. Hunt le savait parce qu'il s'y était rendu ces deux derniers jours pour voir Noah et s'assurer que les activités fonctionnaient sans problème.

Lewis posa son bloc-notes sur le nouveau comptoir de cuisine et lui jeta un regard dur.

— Je vais devoir te demander de partir.

— C'est chez moi, répondit Hunt, hébété.

Lewis secoua la tête.

— Je m'en fiche. Tu nous rends fous, les gars et moi, avec ton air déprimé. On pourrait penser qu'un type qui a un manoir entièrement rénové en moins de trois semaines serait plus enthousiaste.

Hunt n'avait pas informé Lewis du drame du club, ni du drame d'avoir perdu sa femme, et il n'allait pas le faire maintenant.

— Alors tu me vires de chez moi, c'est ça ?

— Grosso modo, ouais. Va te rendre utile ailleurs. Tu sais, à ton boulot ou auprès de ta femme. Elle est où, d'ailleurs ?

— Elle bosse, marmonna Hunt.

Il regarda la cuisine, qui était presque terminée et incroyablement belle. Il voulait qu'Abby la voie, mais bien sûr, c'était impossible. Pourquoi reviendrait-elle vers le mari qui avait failli causer la mort de son fils ?

Sans l'insistance de Hunt, Noah n'aurait pas été là le jour de l'accident de bateau. C'était Hunt qui l'avait déposé au Club Kids, impatient d'installer sa famille dans la nouvelle maison. Mais quel intérêt d'avoir une belle maison sans une famille pour y vivre ?

D'une manière ou d'une autre, il devait arranger les choses.

———

— Tu as trouvé quelque chose ? demanda Hunt à Kaylee en arrivant au club.

Elle ferma les yeux.

— Tu ne vas jamais le croire, mais on pense que c'est l'un des nouveaux animateurs qu'on a embauchés au Club Kids. Il n'est pas réapparu et il n'habite pas à l'adresse qu'il a indiquée. Et les références qu'il m'a données sont bidon.

Le visage de Hunt s'échauffa et il eut l'impression que son crâne allait exploser.

— Tu n'as pas vérifié ses références ?

Kaylee tordit la bouche, agacée.

— Bien sûr, j'ai vérifié. Mais ses références ne répondent plus au téléphone maintenant, et l'un des numéros n'existe plus. On prend les empreintes digitales de tous ceux qui travaillent avec des enfants, mais les siennes ne sont pas fichées. Qui que soit ce type, il n'a jamais été arrêté.

– Mais tu ne sais pas si c'est lui qui a détaché le bateau et bloqué la manette. C'est une simple supposition.

– Eh bien, oui, dit-elle. Sauf que Brin l'a vu sur le bateau cet après-midi-là, avant que les amarres soient larguées.

Hunt se passa une main nerveuse dans les cheveux.

– Ce ne sont pas des preuves.

– Oui, monsieur l'avocat, mais c'est un faisceau de présomptions. Ça serait bien que tu parles à Noah pour voir s'il se souvient de quelque chose.

– Je ne peux pas, dit Hunt en serrant le poing.

Kaylee fronça les sourcils.

– Il va bien ?

– J'en sais rien. Abby ne répond pas à mes appels.

– Je pensais que vous viviez ensemble.

– C'est le cas, mais elle n'est pas rentrée à la maison.

Hunt ne pleurerait pas. C'était un homme. Les vrais hommes ne pleuraient pas.

D'accord, il avait pleuré une fois ou deux, mais pas depuis l'enfance. Putain, pourquoi il avait envie de pleurer maintenant ?

Kaylee scruta son visage et ses yeux s'arrondirent. Elle s'approcha et le serra contre elle.

– Je suis désolée. Tu veux que j'essaie de la joindre ?

– Non. Attends… si. Essaie de savoir s'ils vont bien. Je ne sais même pas s'ils ont assez d'argent. Ni qui garde Noah quand elle est au travail.

Kaylee sourit.

– Je m'en occupe. Retourne vite finir d'aménager la maison.

Voilà donc à quoi tout se résumait. Hunt n'arrivait pas

à garder sa femme ; il avait besoin que sa belle-sœur prenne les choses en main.

Il avait envie de se taper la tête contre les murs. Sa seule consolation était que Lewis allait adorer le voir revenir au manoir.

Chapitre Vingt-Neuf

— **M**aman, tu me serre trop fort, gémit Noah.

Abby desserra son étreinte.

– Pardon.

Elle s'était accrochée à Noah ces derniers jours, revivant chaque instant où elle avait cru le perdre. Jamais elle n'avait été aussi terrifiée de sa vie.

Abby se leva et joignit les mains.

– Tu as faim, poussin ? Tu veux quelque chose à manger ?

Noah secoua la tête, distrait par la télévision. Abby avait lâché du lest sur le temps de télé autorisé tant qu'ils restaient chez Maria.

Maria et sa colocataire étaient au travail, mais elles leur avaient offert l'hospitalité et Abby ne savait pas comment elle pourrait les en remercier un jour. Elle avait réussi à faire des économies quand Hunt vivait avec eux, et elle devait trouver un nouveau logement, car elle ne pouvait plus vivre avec Hunt. Ni rester éternellement chez Maria.

Abby se frotta les yeux, retenant ses larmes. Épouser

Hunt avait été une erreur. Troublée par ses sentiments pour lui, elle n'avait pas assez réfléchi.

Hunt était un mec bien, mais il avait mis son fils en danger en le faisant monter sur ses bateaux. Elle n'était pas sûre de ce qui s'était passé au club l'autre jour, mais elle savait que sans la proximité entre Hunt et Noah, la vie de son fils n'aurait pas été mise en danger.

Vivian aurait vent de l'accident et l'utiliserait contre Abby. Puis elle l'accuserait d'avoir épousé un homme dangereux ; Abby n'imaginait que trop bien les arguments qu'elle déroulerait ensuite. Rester mariée à Hunt, c'était chercher les ennuis.

Abby savait qu'elle en arriverait là, à devoir choisir entre le bonheur ou son fils. Elle ne s'attendait pas à ce que cela soit une conséquence de son mariage avec Hunt. Ni dans des circonstances aussi dramatiques.

Son estomac se noua et elle se mit à arpenter la petite cuisine de Maria.

Elle n'avait pas répondu aux appels de Hunt. Elle ne savait pas quoi lui dire. Elle devait mettre un terme officiel à leur mariage. Après tout, ils auraient fini par divorcer un jour, et il était plus prudent de le faire maintenant. Mais quelque chose la retenait. Et pour aggraver la situation, Noah réclamait Hunt constamment.

Abby gagnait du temps, mais chaque fois qu'elle envisageait de quitter Hunt, sa poitrine se comprimait et ses yeux s'embuaient.

Dormir avec Hunt lui manquait.

Lui raconter sa journée et le regarder jouer avec Noah lui manquait.

Le quotidien sans Hunt lui semblait bien pire que tous les obstacles qu'elle avait rencontrés en s'occupant seule de son fils. Comme si rien ne valait la peine d'être vécu si Noah et elle devaient le vivre sans Hunt. Mais cela ne pouvait pas être vrai, car sa vie traversait plus de turbulences qu'avant son mariage avec Hunt.

On frappa à la porte et Noah leva les yeux.

– Maman ?

– Je vais voir, dit-elle. Reste ici.

Abby tourna le verrou et entrouvrit la porte. Les grands-parents de Noah se tenaient sur le seuil. Vivian évaluait l'immeuble d'habitation, le nez pincé.

– Mamie ! s'écria Noah en courant vers la porte.

Abby ouvrit plus grand et Noah sauta dans les bras de sa grand-mère.

– Abigail, dit Vivian. Et Noah. (Elle l'embrassa avec un grand sourire.) Comment va mon petit-fils préféré ?

Noah rigola.

– Je suis ton seul petit-fils.

– Oh, c'est vrai.

Abby s'était souvent posé la question de savoir si elles auraient pu entretenir de bonnes relations si Vivian n'avait pas fait vivre l'enfer à Abby après la mort de Trevor. À leur décharge, les grands-parents de Noah l'adoraient et ils étaient bien plus attentionnés que *ses* parents, qui n'avaient jamais vu leur petit-fils.

– Je t'ai apporté un cadeau, dit Vivian en donnant à Noah une boîte avec un camion en photo.

– Ouais ! s'extasia Noah en déchirant le carton.

– Pas ici, chéri, dit Vivian. Ouvre-le dans la chambre pendant que papi et moi parlons à ta mère. Et n'oublie pas de fermer la porte.

Merde. Ça s'annonçait mal.

Noah chercha l'approbation de sa mère qui acquiesça d'un signe de la tête. Il partit en courant et claqua la porte derrière lui. Elle devrait lui rappeler de fermer les portes doucement. Plus tard.

Elle s'assit sur le canapé et fit signe aux grands-parents de Noah de prendre place.

— Est-ce que tout va bien ?

Vivian jeta un regard à son mari.

— On a entendu parler de l'accident survenu au complexe touristique où travaille ton mari. Pourquoi ne pas nous l'avoir dit ?

Abby déglutit.

— Les employés ont appelé les secours immédiatement et tout s'est bien passé.

Pas *bien*, non. Abby ferait des cauchemars sur ce fameux après-midi toute sa vie, mais Noah était sain et sauf. C'était tout ce qui comptait.

— On nous a dit qu'un employé de la garderie avait perdu notre petit-fils de vue. Et que Noah avait filé en douce, était monté à bord d'un bateau et parti à pleins gaz sur le lac. Il aurait pu se tuer. Il paraît que ton mari, négligent, n'est pas allé travailler ce jour-là alors qu'ils manquaient de personnel.

Abby ne pouvait pas imaginer que Kaylee ni aucun des autres employés du Club Kids puisse dire cela de Hunt, mais à l'évidence, Vivian avait une idée derrière la tête.

— C'était un accident. En réalité, c'est Hunt qui a sauvé Noah. Noah adore le club et les activités qu'il y fait. Je suis sûre qu'ils vont prendre des mesures supplémentaires pour que ça ne se reproduise plus.

— Ils n'ont pas surveillé mon petit-fils, Abby. Ton fils.

Abby soupira. Elle savait que Vivian ne lâcherait pas l'affaire.

— Personne n'en a plus conscience que moi.

Vivian jeta un coup d'œil à son mari avant de revenir sur Abby.

— Ma chérie, je sais que nous avons eu nos désaccords, mais écoute-moi. Nous aimerions t'aider.

L'aider ? Ils n'avaient jamais proposé leur aide. Et les fois où elle leur avait demandé une faveur, ils lui avaient fait faux bond et compliqué la situation pour Abby.

— On aimerait te soulager des responsabilités financières auxquelles tu fais face depuis la mort de Trevor. C'est pour cette raison que tu as épousé cet homme, n'est-ce pas ?

Abby ne répondit pas. Elle ne savait pas mentir. Et puis, elle n'était plus aussi certaine des raisons pour lesquelles elle avait épousé Hunt. Elle craignait que cela dépasse son désir de protéger Noah. Elle aimait bien Hunt et le voulait pour elle.

— Ne réponds pas maintenant, dit Vivian. Écoute, c'est tout. On aimerait prendre en charge toutes les dépenses liées à Noah : les écoles privées, les vêtements, la nourriture, son logement.

— Je ne comprends pas, dit Abby. Vous n'avez jamais proposé de m'aider avant.

Vivian fit la moue.

— Ce n'était pas gentil de notre part. Et lorsqu'on a appris que notre petit-fils unique aurait pu être gravement blessé, on a réfléchi à la façon dont on aurait pu éviter qu'un tel drame se produise. Si Noah vivait avec nous…

— Vivait avec vous ? la coupa Abby. Non.

Vivian se leva, mais son expression était aimable.

— On ne veut pas te prendre Noah, Abby.

Abby leva les mains de dépit.

— Mais vous voulez qu'il vive avec vous. En quoi est-ce différent ?

— Tu pourrais lui rendre visite aussi souvent que tu le souhaites, et tu aurais légalement la garde partagée. Mais nous aurions la garde physique.

Abby allait protester de nouveau, avec virulence, quand

Vivian posa la main sur son bras. Il lui fallut rassembler tout son sang-froid pour ne pas s'écarter.

– Je te promets que je n'essaie pas de te prendre Noah, répéta Vivian. Je veux vraiment t'aider. Mais ce serait plus facile s'il vivait chez nous. On a tant à lui offrir. On peut lui payer la meilleure éducation qui soit. Tout ce dont il a besoin.

Elle voulait dire financièrement. Les parents de Trevor étaient pleins aux as. Ils pouvaient donner à Noah une vie qu'Abby ne pourrait jamais lui offrir. Pas toute seule. Elle serait toujours obligée de dépendre de quelqu'un d'autre.

C'était une utopie de croire qu'elle finirait un jour ses études et pourrait subvenir aux besoins de son fils. La réalité la rattraperait toujours.

Bon sang, envisageait-elle réellement cette solution ?

En y réfléchissant, elle se demandait si elle n'était pas égoïste de s'accrocher à la garde de Noah, alors que ses grands-parents pouvaient lui offrir une vie tellement plus facile. Si Vivian ne mentait pas, et si Abby pouvait rendre visite à Noah aussi souvent qu'elle le souhaitait, ça pourrait être un moyen pour elle de s'assurer que son fils ne manque de rien, tout en faisant toujours partie de sa vie.

– Je ne sais pas, dit-elle.

Vivian sourit.

– C'est tout ce que nous voulons. Que tu y réfléchisses. Prends ton temps.

Elle se dirigea vers la porte, suivie par son silencieux mari.

Le grand-père de Noah fit un sourire aimable à Abby.

– On se tient au courant, dit Vivian avant de sortir avec son mari.

Abby s'enfonça dans le canapé. Depuis la naissance de Noah, elle avait souvent eu le sentiment d'être une mère indigne. Elle aurait dû faire pression sur Trevor pour qu'il rédige un testament mettant Noah à l'abri. Elle aurait dû insister pour qu'ils se marient. Au lieu de cela, elle avait perdu Trevor et joué avec la sécurité de son fils.

Mais renoncer à Noah ? Il ne s'agissait que de la garde physique, mais rien qu'à cette idée, Abby se recroquevilla en boule.

Elle n'était pas sûre de pouvoir le faire. Mais elle ne voulait pas non plus que Noah connaisse l'enfance miséreuse qu'elle avait eue. La pauvreté. Des parents travaillant jour et nuit. Une enfance solitaire.

Abby souhaitait mieux pour son fils.

Chapitre Trente

Hunt finit par trouver l'adresse de Maria, l'amie qui hébergeait Abby. Juste à temps. Il était en train de perdre la tête. Il tournait comme un lion en cage dans la maison désormais terminée, incapable de dormir ou de manger, malade d'inquiétude pour Abby et Noah. Il craignait d'avoir définitivement perdu sa famille. Car Noah et Abby *étaient* sa famille.

Hunt et Abby n'étaient pas censés rester mariés. Il n'était pas prévu qu'il l'aime, mais à un moment donné, il était tombé amoureux de la douce et jolie maman célibataire de son chouchou du Club Kids. Il se demandait même si ce n'était pas le premier soir, au Blue, avant même qu'il sache qu'elle était la mère de Noah.

Abby n'était pas comme les autres. Elle était forte et réfléchie, et c'était merveilleux de la tenir dans ses bras. Tout ce qu'il voulait, c'était qu'elle fasse partie de sa vie pour toujours. Hunt ne voulait pas vivre un jour de plus séparé de sa famille. C'est pourquoi il se rendait chez Maria ; pour ramper à ses pieds et jouer son va-tout pour récupérer sa femme et Noah.

Abby l'avait quitté. Elle ne l'avait pas réellement dit, mais elle était partie et il craignait que ce ne soit définitif. Maintenant qu'il connaissait les vraies causes de l'accident de bateau, il avait pu réfléchir clairement et ne pas laisser les échecs passés obscurcir son jugement. L'accident n'était pas de sa faute, même s'il était en partie responsable de tout ce qui se passait sur le ponton et la plage. Mais c'est ailleurs qu'il n'avait pas été correct avec Abby.

Il ne lui avait jamais avoué ce qu'il ressentait. Qu'il voulait plus. Qu'il était prêt pour plus.

Hunt monta les escaliers jusqu'au deuxième étage de l'immeuble où Abby s'était réfugiée avec Noah. Il vérifia le numéro de porte indiqué par Kaylee, qui avait appelé les grands-parents de Noah et découvert où logeait Abby, puis il frappa à la porte.

Abby ouvrit. Elle portait sa blouse.

Elle était magnifique. Il avait envie de la prendre dans ses bras et d'enfouir son visage dans ses cheveux.

– Salut, dit-il à la place.

Elle regarda derrière lui.

– Salut. Comment tu m'as trouvée ?

– Les grands-parents de Noah.

Ses sourcils se reprochèrent.

– Ils t'ont donné mon adresse ?

– Pas tout à fait. Kaylee leur a plus ou moins extirpée. Je peux entrer ?

– Oh, oui, dit-elle en reculant. Excuse-moi, je suis tellement surprise de te voir.

Les yeux d'Abby balayèrent son corps, et il sentit des flammes le lécher. *Bon sang.*

– C'est bon de te voir, ajouta-t-elle.

Hunt se retint de lui prendre la main.

– C'est bon de te voir aussi. Tu vas bien ? Noah va bien ?

— On va bien. Noah est parti à la boutique avec Maria. Elle va le garder pendant que je fais des heures de garde en plus.

Hunt opina. Il n'aimait pas qu'Abby recommence à faire des heures sup, mais au moins, Noah et elle étaient sains et saufs.

— Bien, c'est bien. Abby…

— Hunt, dit-elle en même temps.

— Toi d'abord.

Elle entra dans le salon du petit appartement et s'assit sur le canapé, lui faisant signe de prendre place.

— Je m'excuse. J'aurais dû te rappeler.

— Ce n'est pas grave. Je sais que tu étais fâchée contre moi.

Elle se tordit les mains.

— Je l'étais. Jusqu'à ce que je réalise que ce n'était pas entièrement ta faute. J'ai eu tort de tout te mettre sur le dos. Tort de t'épouser.

Il leva la main.

— Attends, tu regrettes ce qu'on a vécu ?

Elle ouvrit la bouche.

— Ben, pas exactement. Mais je pense que c'était très égoïste de ma part de te faire porter le fardeau de t'occuper de Noah et de moi.

— Ce n'est pas un fardeau ; je l'ai voulu.

Elle secoua la tête, les yeux baissés.

— Tu voulais nous aider, mais…

— Nan. Je suis tombé amoureux de toi.

Abby releva brusquement les yeux.

— Quoi ?

— Je t'aime. J'aime ta foutue blouse.

Il la déshabilla des yeux. Quand il reposa ses pupilles enfiévrées sur son visage, elle rougissait.

— J'aime tes chaussons, et même tes pieds gelés.

– Tu n'as jamais mentionné mes pieds gelés, dit-elle en se cachant le visage d'une main. Tu aurais dû me dire que ça te déplaisait.

– Pourquoi je l'aurais fait ? J'aime tes pieds. Et j'aime tout de toi. Ta façon de câliner ton fils. Ta façon timide et douce d'entrer dans une pièce. Et j'adore les sons que tu fais quand je suis en toi…

Deux doigts s'écartèrent pour dévoiler ses yeux. Mi-clos. Elle pensait à leur chambre et à toutes les fois qu'ils avaient consommé leur mariage blanc.

– Notre mariage était peut-être un arrangement au début – je voulais impressionner mes frères et tu avais besoin de sécurité –, mais je te désirais. Et je suis tombé amoureux de toi dès que nous nous sommes mariés.

Elle baissa la main.

– Tu as perdu la tête.

– Depuis votre départ, oui. Demande à notre entrepreneur, Lewis. Il te confirmera ma déprime carabinée ces derniers jours.

Elle soupira comme si elle souffrait.

– Hunt, je veux être avec toi, mais je ne peux pas prendre ce risque. L'accident de bateau… Et Vivian. Elle utilisera l'accident et tout ce qu'elle pourra trouver contre moi. Ça ne finira jamais, même si on reste mariés.

– Vivian ne peut pas utiliser l'accident de bateau contre toi, dit-il. Quelqu'un a sciemment détaché les amarres du ponton, et la police est sur une piste. Personne ne pensera que c'était ta faute ou la mienne. (Il se frotta le front.) Abby, il y a tellement plus à dire, mais crois-moi quand je t'affirme que Vivian ne pourra rien retenir contre nous.

Hunt mit un genou à terre, réduisant la distance entre eux.

– Reviens, s'il te plaît. Être séparé de toi et de Noah me tue. Je vais vendre les bateaux, installer des caméras de surveillance partout pour que Noah soit en sécurité… tout ce que tu voudras. Mais ne divorce pas.

Abby cligna des yeux.

– Tu veux dire qu'on a détaché *intentionnellement* le bateau qui a emporté Noah ? Mais… le bateau est ta passion. Pourquoi tu renoncerais à naviguer sur le lac ?

– C'est toi ma passion. Et je renoncerais à n'importe quoi pour être avec toi.

Elle s'aperçut seulement qu'il avait un genou à terre.

– Es-tu en train de… me demander en mariage ?

– Bien sûr que non, dit-il. On est déjà mariés. Alors, qu'en dis-tu ?

Il lui lança un sourire arrogant et la prit dans ses bras.

– Je ne sais pas quoi dire puisqu'on est déjà mariés, dit-elle sur un ton grivois.

Il rit et recula pour pouvoir lui tenir la main.

– Abigail Cade, veux-tu m'épouser ?

Silence. Bien trop long pour la santé mentale de Hunt. Puis elle répondit.

– Je ne suis pas sûre que les choses pourraient être pires qu'elles ne l'ont été sans toi. Noah et moi avons été malheureux tous les deux.

Puis sa bouche s'étira en un grand sourire qui lui illumina lentement le regard.

– Oui, je veux t'épouser. La vie est nulle sans toi, Hunt Cade.

––––––

HUNT PENSAIT ÊTRE le plus enthousiaste à l'idée d'emménager enfin avec sa famille sur le domaine Cade, désormais leur maison, mais il avait tort.

Noah l'embrassa à peine en arrivant, et fonça dans la maison, touchant à tous les équipements flambant neufs et la peinture des murs — qu'il macula de petites traces de doigts, bien évidemment.

— Noah, dit Abby, ne touche pas les murs.

— Je m'en fiche, dit Hunt en la prenant dans ses bras. Cette maison va être un endroit où les enfants peuvent vivre et faire des bêtises.

Ils entendirent Noah crier, puis sauter sur un des lits à l'étage.

Abby leva les yeux vers le plafond, puis elle regarda autour d'elle.

— C'est tellement beau. Je n'arrive pas à croire que ce soit devenu aussi chouette.

— Tu as fait du bon boulot, murmura-t-il en l'embrassant dans le cou.

Bon sang, ce que son odeur et son goût lui manquaient.

Attendre qu'elle ait fini son service pour l'amener ici avait été une torture. Elle avait refusé de se faire porter pâle, alors il avait libéré Maria et emmené Noah à la pêche.

— On devrait étrenner notre chambre, murmura-t-il.

Abby soupira.

— On ne peut pas. Noah est réveillé.

Hunt leva vers elle des yeux calculateurs.

— À quelle heure ce gosse se couche-t-il ?

— Dans, disons, quatre heures. Tu pourras attendre jusque-là ? demanda-t-elle en riant.

— Non.

— Hunt !

Il poussa un soupir théâtral.

— Très bien, j'attendrai. Allez, viens, dit-il en la tirant par la main. Autant visiter la maison pendant que tu me fais languir de désir.

On sonna à la porte.

Abby regarda Hunt.

– Tu attends quelqu'un ?

– Personne. J'ai dit à mes frères de nous laisser tranquilles.

Elle lui broya la main.

– C'était vilain de ta part.

Il rit.

– C'était intelligent, oui. Si je ne l'avais pas fait, ils seraient ici en train de me harceler et de m'empêcher de faire ça.

Il se pencha et l'embrassa, terminant le baiser par une légère morsure de sa lippe.

Hunt leva la tête et vit Abby, les yeux dans le vague.

– Merci, maintenant, *je* me languis, dit-elle.

Il se dirigea vers la porte.

– Tant mieux. On pourra passer directement aux choses sérieuses dès que Noah dormira.

Hunt ouvrit la porte. Vivian et un homme plus âgé se tenaient sur le perron, la bouche pincée.

Formidable, pensa Hunt en soupirant.

– Je peux vous aider ? demanda-t-il à la grand-mère de Noah.

– Vous êtes donc cet homme, s'exclama-t-elle.

Hunt rit.

– Je suis un homme, oui. Je vois que vous en avez un aussi, dit-il en jetant un coup d'œil au type à côté d'elle.

– Ne soyez pas ridicule, dit-elle en forçant le passage pour entrer.

– Vivian ? dit Abby. Que faites-vous ici ?

– On avait un accord ; notre petit-fils devait vivre avec nous.

Abby fronça les sourcils.

– J'ai dit que j'y réfléchirais.

Le dos de Vivian se raidit.

– Et as-tu pris une décision ?

– Oui. Noah restera avec moi. On va vivre ici, avec mon mari. C'est notre nouvelle maison, dit Abby en étendant les bras. Mon mari et moi pouvons offrir à Noah une excellente éducation et l'aisance matérielle. Et l'amour. Il recevra tellement d'amour qu'il ne saura plus quoi en faire.

Hunt s'approcha et enlaça la taille d'Abby.

– Désiriez-vous autre chose ?

Vivian le pointa du doigt.

– Cet homme a failli tuer de notre petit-fils, Abby. Il est responsable des bateaux, dont celui qui a emporté Noah.

– Que vous a-t-on dit d'autre sur cet accident ? demanda Hunt.

Vivian s'esclaffa.

– Juste que vous étiez responsable du mini-club, et que les personnes comme ce Donovan, qui s'occupe des enfants, ne sont pas fiables. Abby a mis Noah en danger en le laissant fréquenter votre établissement, et nous avons prévenu les services de protection de l'enfance.

Hunt regarda autour de lui.

– Je ne vois pas le service de l'enfance ici. Je suppose qu'ils ne sont pas inquiets.

– Écoutez… commença Vivian.

– Non, la coupa Hunt. Je ne vous écouterai pas.

– Hunt ? s'indigna Abby.

Il la regarda en lui serrant la taille.

– Je n'ai pas encore eu le temps de t'en informer, mais j'ai mené une enquête pendant ton absence. J'ai découvert des choses que tu devrais savoir, dit-il en portant un regard accusateur sur les grands-parents de Noah. Tout d'abord, les parents de Trevor ont payé un type pour qu'il travaille au Club Kids. Comment auraient-ils pu connaître son nom sinon ? Je ne l'ai jamais mentionné.

Abby regarda Vivian.

– C'est vrai ?

Vivian tenta un coup de bluff.

— Ne crois rien de ce que dit cet homme. Je n'arrive pas à croire que tu sois retournée avec lui. J'avais espéré qu'en emménageant chez ton amie, tu retrouverais la raison.

— J'ai engagé un détective privé, reprit Hunt. C'est grâce à lui que le club a retrouvé la trace de ce jeune, Donovan. Les grands-parents de Noah l'ont payé pour décrocher un job au Club Kids et le faire passer pour un lieu dangereux. Donovan a vu Noah astiquer le bateau ce jour-là. Dès qu'il est monté à bord pour ranger les chiffons, Donovan a détaché les amarres du ponton. Il avait attendu que je ne sois plus là pour trafiquer l'accélérateur. C'est lui qui a failli tuer votre petit-fils.

— Non, glapit Vivian, le visage livide. C'est impossible.

— Impossible que vous l'ayez payé ou impossible qu'il ait trafiqué le bateau ? Parce que nous avons ses aveux.

La bouche de Vivian s'ouvrit et se referma. Elle jeta un coup d'œil à son mari, qui affichait la même expression inquiète.

— On ne lui a jamais dit de détacher les amarres.

— Mais vous l'avez engagé pour travailler au Club Kids ? demanda Hunt.

— Eh bien, oui, dit-elle maline. Pour surveiller Noah.

— Et d'après ses aveux, reprit Hunt, pour que le club et Abby aient l'air coupables de négligence.

Vivian se tut. Ce fut son mari, le grand-père, qui prit la parole.

— Nous n'aurions jamais accepté si nous avions su que Noah ou l'un des enfants pouvait être blessé. Êtes-vous certain que c'est Donovan qui a fait ça ?

— Il a été pris en flagrant délit de mensonge et il a tout avoué. Il a dit à la police qu'il vous a rencontrés à l'église.

Le grand-père de Noah tira sa femme par le coude.

— Viens, Vivian. Laissons-les tranquilles.

Elle dégagea son bras.

– Non. Il se trompe. Donovan n'aurait jamais fait ça. C'est cet homme qui a mis Noah en danger.

Hunt se raidit.

– Je donnerais ma vie pour protéger Noah.

Le grand-père poussa Vivian vers la sortie. Elle le suivit, mais déclara par-dessus son épaule :

– Vous aurez des nouvelles de nos avocats.

Hunt ferma la porte sous les yeux d'Abby, terrorisée.

– Tu es sûr de la culpabilité de ce Donovan ?

– Il a été mis en examen après ses aveux, j'en suis certain.

– Mais Vivian et ses avocats…

Abby regarda dans la direction où les grands-parents de Noah étaient partis.

– Ne t'inquiète pas pour eux. Avant le mariage, j'ai pris contact avec des avocats chevronnés. Ils sont au courant de toute l'affaire. Les grands-parents de Noah n'ont pas d'arguments valables. Ils n'en ont jamais eu. Ils ne peuvent pas t'enlever la garde de Noah. Et si tu décides de porter plainte, tu peux obtenir une ordonnance restrictive pour les empêcher de voir Noah.

– Non, dit-elle. Cela ferait de la peine à Noah, et je ne veux pas qu'il perde le seul lien qui lui reste avec son père. Ils ne sont pas méchants, ils sont juste horriblement tristes d'avoir perdu leur fils. Ils ont changé après sa mort.

Hunt la prit dans ses bras.

– Alors on ne portera pas plainte. Mais je veux que tu saches que tu n'auras plus jamais à les craindre. Et que je suis là pour toi.

Elle le regarda dans les yeux.

– Je t'aime, Hunt Cade.

Jamais elle n'avait vu un sourire plus éclatant que celui de Hunt.

— Je t'aime, Abby Cade. Et regarde, tu n'auras même pas besoin de changer de nom après notre deuxième mariage, puisque tu l'as déjà changé la première fois.

Abby sourit.

— Comment ai-je pu trouver un mari aussi sexy et intelligent ?

— Grâce à tes chaussons.

Abby rit.

— Si j'avais su que ces trucs harponneraient le mec le plus sexy de la ville, je les aurais portés plus souvent.

— Encore combien d'heures avant d'aller au lit ? demanda Hunt.

Abby regarda son téléphone.

— Trois heures et quinze minutes.

Il soupira.

— Bon, j'imagine que je vais devoir attendre.

— *Ou*, dit Abby, on peut mettre un film à Noah et s'éclipser.

Hunt ferma à demi les paupières.

— Tu es la femme la plus intelligente que j'ai jamais épousée. *Oui*. Faisons ça tout de suite.

Il la souleva et la jeta sur son épaule, lui arrachant un éclat de rire.

— Je suis la seule femme que tu aies épousée, espèce de Cro-Magnon !

Elle lui claqua les fesses tandis qu'il montait les escaliers.

— Cro-Magnon ou pas, j'ai été assez malin pour te choisir. Et pour info, je préfère le terme de *pirate*. J'ai trouvé un butin et je n'ai pas l'intention de m'en séparer.

Chapitre Trente-Et-Un

Abby mit un film pour Noah, mais son fils était tellement bavard et excité que Hunt et elle décidèrent de rester avec lui et de faire livrer le dîner.

Hunt ferma la porte de leur chambre quelques heures plus tard.

— Enfin seuls.

Il lui envoya une œillade enflammée.

Elle regarda autour d'elle avec désinvolture, comme si ça ne lui faisait ni chaud ni froid.

— C'est la suite parentale ?

Hunt enleva sa chemise et Abby déglutit, le souffle court.

— Si on veut. Mais il y a quatre autres chambres avec salle de bain à cet étage. Celle-ci n'est pas la plus grande, mais elle a la plus belle vue.

Abby regarda par l'une des fenêtres donnant sur le jardin et la cabane dans un arbre.

— Pour qu'on puisse voir Noah jouer ?

— Oui. Et nos autres enfants.

Abby s'étouffa.

— D'autres enfants ? À ma connaissance, je n'ai que celui-là.

Hunt l'attira contre lui tout en lui enlevant son haut.

— J'ai pensé qu'il nous en faudrait un ou deux de plus. Et je veux adopter officiellement Noah. Si tu es d'accord.

Abby leva un doigt.

— On reviendra aux autres enfants dans un instant. Qu'entends-tu par adopter Noah ?

Il lui prit le visage en coupe.

— Je veux que tu n'aies jamais à t'inquiéter de rien, quoi qu'il m'arrive. Je veux adopter Noah et constituer un fonds fiduciaire pour lui.

Les yeux d'Abby se remplirent de larmes.

— Tu es le pire dragueur de la planète.

Son menton se mit à bouger de façon comique.

— Ce n'est pas ce qu'*elles disent*.

— Avec en plus un humour pourri des années quatre-vingt-dix. Oh, Hunt, tu ferais vraiment ça pour Noah ?

Il l'embrassa.

— Je le ferai pour toi, et pour moi, et pour Noah, absolument. J'aime ce gosse comme un fils.

Elle l'embrassa et glissa les mains dans son dos.

— J'adorerais que tu adoptes Noah.

Il détacha la fermeture de son jean.

— Maintenant que c'est réglé, que penses-tu de l'autre proposition ?

Elle n'avait plus de soutien-gorge. Mais quand l'avait-il enlevé ? Il faisait encore ce truc avec ses doigts sur ses mamelons.

— Hum ? Quelle proposition ?

— Un ou deux bébés.

Cela tira Abby du brouillard de l'excitation.

— On n'a même pas encore célébré notre second mariage.

— D'accord, pas tout de suite. Tu voudras probablement finir l'école d'infirmière d'abord. Bien que j'insiste pour que tu prennes des cours plus tard dans la journée. Tes cours du matin perturbent notre vie sexuelle.

Elle rit.

— D'accord pour les cours plus tard. Le réveil était plutôt brutal pour moi aussi.

— Et le bébé ?

Abby plissa les yeux.

— Je vais y réfléchir. Voyons d'abord la suite des événements. Je dois m'assurer qu'on fait ça bien.

Il la souleva et la jeta sur le lit.

— Femme insolente. Je vais te montrer comment on fait.

Il se jeta sur elle, et elle essaya de le retourner et se mettre sur lui, mais c'était comme déplacer un rocher.

Hunt sourcilla.

— Oui ? Tu veux quelque chose ?

— Mets-toi sur le dos, mari. Je veux te chevaucher.

Les narines de Hunt s'évasèrent.

— J'aime quand tu es cochonne.

Hunt se retourna, et Abby grimpa sur lui.

Elle regarda autour d'elle.

— J'aime être ici. Ça me donne un sentiment de puissance.

Elle fit courir ses mains sur le torse de Hunt, faisant des cercles autour de ses mamelons, comme il avait torturé les siens.

Hunt replia les bras derrière la tête.

— Et j'aime les femmes qui savent ce qu'elles veulent.

Quel frimeur ! Abby baissa les yeux et descendit la braguette de son jean.

La respiration de Hunt s'accéléra.

— Fais ce que tu veux. Je ne t'arrêterai pas.

Elle lui envoya un regard diabolique et embrassa son torse.

– Ah non ? Alors je vais en profiter.

Le temps qu'Abby atteigne le bas-ventre de Hunt, tous ses muscles étaient tendus.

Il s'éclaircit la voix.

– Tu ne crois pas que tu devrais enlever tous tes vêtements ?

– Excuse-moi ? C'est moi qui décide.

Il leva la main.

– Pardon. Continue.

– C'est ce que je vais faire. Merci.

Elle glissa la main dans son jean, puis le long de son sexe bandé.

Hunt renversa la tête en arrière.

– Merde.

– Oui ? Tu as dit quelque chose ?

– Non, rien, haleta-t-il, tandis qu'elle faisait de petits cercles, du bout de son pouce, sur son gland.

Abby recula et tira sur le jean et le caleçon de Hunt. Il la regarda faire.

– Tu as l'air inquiet, mon mari.

Elle lui embrassa le haut de la cuisse.

– Inquiet, répéta-t-il distraitement. Non, non, j'admire la vue.

Elle sourit et le lécha sur toute la longueur, de la base au bout du sexe.

– Moi aussi.

Hunt gémit, les yeux écarquillés.

– Je ne peux pas.

Il s'assit, la souleva et la hissa vers lui.

– Trop longtemps, lâcha-t-il. Besoin d'être en toi. OK ?

Elle rit.

– Oui, homme des cavernes. On verra ça quand la

partie supérieure de ton cerveau fonctionnera et que tu feras des phrases complètes.

Hunt grogna et fit tournoyer sa langue autour de son téton en glissant la main dans son pantalon. Ses doigts titillèrent, pincèrent et plongèrent dans toutes les zones susceptibles de la faire exploser de plaisir.

Hunt changea de position, se mettant sur elle, et il lui enleva son pantalon. Il se positionna entre ses cuisses.

– Commençons à nous entraîner à faire un bébé, dit-il avant de plonger en elle.

Abby cria de plénitude et de plaisir.

Hunt lui releva la jambe et frappa un point sensible, au fond de son intimité, qui lui fit perdre la tête.

– Reste avec moi, femme, ou ce sera rapide. Si tu pars en vrille, je vais…

Trop tard.

Secouée par l'orgasme, elle s'accrocha à Hunt. Il la suivit une seconde plus tard, dans une dernière poussée qui le fit gémir de plaisir.

Quand il reprit son souffle, Hunt leva la tête.

– La vache, c'était rapide. Deuxième round ?

Épilogue

Pour leur second mariage, la mariée était en rose pâle.

— Tu es magnifique, dit Hunt en embrassant sa femme.

Ils venaient de prononcer leurs vœux et remontaient l'allée étroite du yacht. Bien que les vœux de Hunt aient été sincères la première fois, ils prirent tout leur sens la deuxième fois.

Hunt et Abby s'étaient engagés pour la vie, et il ne pouvait pas être plus heureux.

— Eh bien, merci, mon mari, dit Abby en caressant son ventre rond. Le bébé a donné des coups de pied pendant toute la cérémonie. Je pense qu'il sait que c'est notre première sortie en bateau sur le lac.

Hunt toucha le ventre de sa femme, enceinte de six mois. Abby voulait attendre un an ou deux avant d'avoir un enfant, mais la nature et les hormones en avaient décidé autrement.

— Petit futé. Il n'en sait rien encore, mais on passera beaucoup de temps sur le lac à l'avenir. Du genre, toute sa vie.

— Souriez pour la photo ! dit le photographe du mariage.

Abby et Hunt sourirent, son bras lui enlaçant la taille d'un geste protecteur.

La bouche d'Abby se tordit.

— Ce sont mes seules photos de mariage et j'ai l'air d'une baleine.

Hunt grimaça.

— J'ai oublié d'engager un photographe pour le premier mariage. Mais vois les choses ainsi : notre fils est sur toutes les photos. Il va adorer.

Une étincelle illumina son regard.

— Tu continues de parler du bébé comme si c'était un garçon.

Il se pencha et l'embrassa sur la bouche.

— C'est parce que je veux une fille, mais comme je n'ai que des frères, je suis sûr d'être maudit.

— Maudit ?

— Une bienheureuse malédiction, corrigea-t-il.

— Qu'est-ce que ça veut dire ?

Il n'était marié que depuis quelques minutes, et il faisait déjà des gaffes.

— Tu as vu comment nous sommes, mes frères et moi ?

— Affectueux, oui, j'ai vu.

Hunt la regarda de travers.

— Ce n'est pas exactement le terme qui caractérise nos relations, mais d'accord. De toute façon, si on a un fils, les gênes ne jouent pas en notre faveur. Je ne suis pas sûr que ta beauté et ton intelligence puissent surpasser le sperme des mâles Cade et leur besoin de domination.

— Ton frère a eu une fille, fit-elle remarquer.

Il se frotta le menton.

— Ouais. C'était une anomalie. Je doute qu'elle se reproduise.

Le photographe se prépara pour prendre une autre photo, et Hunt la fit pivoter dans sa direction.

– Eh bien, dit-elle, tu te trompes. On va avoir une fille.

La mâchoire de Hunt se décrocha et il regarda sa femme tout sourire à côté de lui. *Clic. Clic. Clic.* Le photographe immortalisa cet instant.

– Quoi ? balbutia-t-il.

– La couleur de ma robe ne t'a pas interpellé ?

Il examina l'étoffe.

– Elle est rose. Je pensais que pour un second mariage, tu ne voulais pas de blanc.

– Oui, mais du rose ?

Ses yeux pétillèrent.

– Mais… comment ?

Abby agita la main en direction des invités sur le yacht qu'ils avaient loué pour le mariage. Ils avaient dit à tout le monde qu'ils célébraient de nouveau leur amour. Les convives attendaient avec impatience qu'ils terminent la séance photo.

– J'imagine qu'on l'a conçue une des centaines de fois où tu m'as réveillée au milieu de la nuit ou le matin avant le lever de Noah ou le soir après son coucher…

– Ça, je m'en doute, dit-il en riant. (Ses spermatozoïdes étaient de bons nageurs et il était très fier de son sperme puissant et viril. Surtout les nageurs dotés du chromosome des bébés filles.) Mais quand l'as-tu appris ?

– Oh, il y a un mois environ.

– Un mois ! Tu le sais depuis un mois et tu ne m'as rien dit ?

– Je voulais attendre le moment idéal. C'était maintenant, le moment idéal, dit-elle en regardant autour d'elle. Tu veux avoir l'honneur d'apprendre la bonne nouvelle à tout le monde ?

Hunt ravala la boule d'émotion dans sa gorge. Une

fille. Ils allaient avoir une fille. Il refoula ses larmes et embrassa sa femme. Passionnément. Il contempla son beau visage.

– Je t'aime.

– Je t'aime, Hunt Cade, homme aux multiples talents.

Hunt se tourna vers la foule des amis et de la famille, dont les grands-parents de Noah — et même les parents d'Abby que Hunt avait fait venir en avion.

Il brandit le poing en l'air.

– C'est une fille !

Les invités applaudirent, et ses frères vinrent les féliciter et lui taper dans le dos.

– Bienvenue au club, dit Wes.

Levi s'approcha et resta maladroitement planté devant lui pendant un moment. Puis il fit la chose la plus incongrue que Hunt n'ait jamais vue. Il lâcha la main d'Emily et serra Hunt dans ses bras.

– Félicitations.

Merde. Hunt, déjà très ému par le fait d'avoir une petite fille, retenait carrément ses larmes maintenant.

– Merci.

– J'étais inquiet. Mais c'était inutile. Tu t'occupes bien de ta femme, Hunt, dit Levi en regardant Abby. Et tu seras aussi un très bon père.

C'est alors que Hunt réalisa quelque chose. Levi devenait agressif quand il avait peur ou stressait. Ses coups de gueule, sa façon de parler à Hunt, toutes ces années, trahissaient sa peur.

Eh bien. Ça expliquait pas mal de choses.

Hunt avait hâte que Levi et Emily aient un enfant. Levi pèterait les plombs à la première fièvre ou chute du bébé, ou au moindre bobo.

Emily étreignit Hunt à son tour, puis elle promit à

Abby une soirée entre filles dans quelques semaines. Les grands-parents de Noah s'approchèrent ensuite.

– Nous sommes très heureux de l'arrivée d'un autre bébé dans la famille, déclara Vivian, le grand-père de Noah souriant à ses côtés.

Il n'y avait pas eu besoin d'avocats pour que les grands-parents de Noah se ravisent. Il avait suffi de quelques jours où ils avaient réfléchi à leurs actes et à la façon dont leurs idioties avaient mis en danger leur petit-fils. Ils étaient revenus s'excuser et demander pardon.

Au début, Abby était méfiante, mais ces derniers mois, Vivian et son mari étaient venus au domaine Cade – désormais baptisé le château de Noah – et ils avaient passé du temps avec Abby, Hunt et Noah, comme une famille. Ils suivaient même un traitement chez un psy pour faire face à la perte de leur fils. Ils avaient demandé pardon, et la femme de Hunt, bel esprit généreux, leur avait immédiatement accordé.

Le plus surprenant, c'était le bonheur des grands-parents de Noah quand ils leur avaient annoncé la grossesse d'Abby. Vivian semblait considérer le futur bébé comme son propre petit-enfant, ce qui ne dérangeait pas Hunt et Abby.

Les parents de Hunt étaient décédés, et ceux d'Abby refusaient de quitter leur mobile-home plus de trois jours d'affilée. Les grands-parents de Noah faisaient partie de leur vie, apparemment de façon bienveillante, et un enfant ne recevait jamais trop d'amour.

Hunt estimait avoir une chance inouïe.

Il discutait avec les invités en se gavant de petits fours et en surveillant son épouse enceinte du coin de l'œil quand Esther s'approcha de lui.

– Cher enfant, dit-elle en le serrant fort dans ses bras.

Je suis si heureuse pour toi. Je savais qu'une femme finirait par te dompter un jour ou l'autre.

Intéressant. Hunt n'avait jamais imaginé trouver une femme qu'il pourrait aimer au point d'unir sa vie à la sienne.

— Comment l'as-tu su ?

Esther lui sourit affectueusement.

— Appelle ça l'instinct maternel de substitution. Quelque chose m'a paru louche quand j'ai assisté à ton premier mariage avec Abby, mais celui-ci est réel. Tiens, c'est pour toi, dit-elle en lui tendant une enveloppe.

Seule Esther pouvait deviner la vérité.

— Merci, Esther. Et merci d'être venue à mon second mariage avec Abby.

Il lui fit un clin d'œil.

— Je suis toujours là pour vous, les garçons. Vous êtes les enfants que je n'ai jamais eus.

Un homme s'approcha d'Esther et posa la main au bas de son dos. Puis il serra la main de Hunt.

— Félicitations. Votre femme est délicieuse. Vous êtes un homme chanceux.

— C'est vrai, dit Hunt.

— Une autre coupe de champagne ? demanda l'homme à Esther.

Elle opina et il s'éloigna, la main dans la poche de son pantalon de costume gris comme ses cheveux.

Lorsqu'il fut suffisamment loin, Hunt fit un signe du menton dans sa direction.

— Alors, c'est le nouvel homme dans ta vie ?

Esther lui tapa le bras.

— Lenard est un ami, et ne commence pas à fouiner dans mes affaires.

Hunt leva les mains.

– Je pensais qu'on n'avait pas de secrets l'un pour l'autre.

– Non, dit-elle. Mais même si je suis ta deuxième mère, ma vie sentimentale ne regarde que moi.

Hunt s'était toujours demandé si Esther et son père avaient eu une liaison dans les dernières années de sa vie. Aucun des deux n'avait dit ou fait quoi que ce soit suggérant ce genre de relation, mais à la façon dont Esther s'était occupée d'eux comme une mère… il semblait probable qu'ils aient été très proches.

Mais son père ne s'était jamais remis de la mort de la mère de Hunt, alors allez savoir ? D'ailleurs, il ne le saurait jamais, vu l'hermétisme d'Esther.

– Très bien, garde tes secrets. Pour info, il a l'air d'un monsieur très pimpant.

Esther regarda par-dessus son épaule, et Hunt aurait juré qu'elle matait le cul de Lenard.

– Tout à fait, n'est-ce pas ?

Bon Dieu. Hunt grimaça mentalement.

– Bon, dit-il. Je ferais mieux d'aller retrouver ma femme.

– Bonne idée, dit Esther. Et lis la lettre avec elle.

Hunt se dirigea vers le pont où se pressaient les invités, et chercha Abby parmi eux. Il finit par la trouver qui sortait des toilettes. Elle faisait pipi toutes les heures en ce moment, aussi cela ne l'étonna pas.

Il passa un bras autour de sa taille et la plaqua contre son torse avant qu'elle ait le temps de rejoindre les invités.

– Te voilà.

– Hunt, on doit retourner à la fête, dit-elle, mais elle se blottit contre son torse en souriant, son ventre rond et chaud entre eux.

– Dans une minute, dit-il en l'embrassant.

Puis il glissa les mains sur ses hanches et lui empoigna les fesses.

– Hunt, le tança-t-elle. On va avoir une très belle lune de miel/lune de bébé. On aura tout le temps pour faire ça. Les invités nous attendent, dit-elle en se hissant sur la pointe des pieds pour regarder par-dessus son épaule.

– Esther m'a donné une lettre et m'a conseillé de la lire avec toi.

Abby jeta un coup d'œil à l'enveloppe blanche qu'il sortait de sa poche.

Hunt cligna des yeux.

– En fait, je crois qu'elle vient… de mon père ? C'est bizarre. Mon nom sur l'enveloppe est écrit de sa main.

Il ouvrit l'enveloppe et déplia la lettre, et Abby se pencha sur son bras pour lire avec lui.

Mon cher Hunt,

Avant ta naissance, ta mère voulait une fille, mais je voulais un autre garçon. Tu ne l'as probablement jamais su, n'est-ce pas ?

De tous mes fils, tu as eu le moins de chance. Tu n'as pas profité longtemps de tout l'amour que ta mère avait pour ses enfants. Je pensais que la perdre était la pire chose qui me soit arrivée. En réalité, les décisions que j'ai prises ensuite dans ma vie ont causé mes plus grands regrets, et ceux que je ne me pardonnerai jamais.

Je suis désolé de ne pas avoir été présent pour toi et tes frères. Dans mon esprit, vous étiez tout pour moi. Je croyais l'avoir montré en faisant du Club Tahoe une réussite et en subvenant à vos besoins. Mais il s'avère qu'un bon homme d'affaires ne fait pas nécessairement un bon père. Je n'ai réussi qu'à vous éloigner de moi. Je le sais maintenant. Et crois-moi, je m'en suis beaucoup voulu.

Ne pense jamais que tu n'étais pas un enfant désiré. Ne ressens jamais de honte ou de culpabilité pour la maladie de ta mère. Elle n'aurait renoncé à toi pour rien au monde, et moi non plus. Même pas pour avoir plus de temps avec ta mère.

C'est en toi que je la vois le plus. Tu as son sourire et ses yeux, mais ce qui m'a vraiment frappé en te regardant grandir, c'est votre façon à tous les deux d'embrasser la vie à pleines mains. Tu es l'un des cinq dons du ciel dont ta mère et moi avons rêvé ensemble, et j'espère que tu connaîtras un jour la même joie que nous.

Essaie seulement d'être plus présent que ton cher vieux père.

Oh, une dernière chose : ne laisse pas Levi te bousculer. Il s'occupait de toi comme si tu étais son propre fils quand il était à l'école primaire. Il était gentil avec toi à l'époque. Moins quand tu es entré au lycée. Ce garçon pense tout savoir. Il tient ça de son père. Il t'aime sincèrement, mais il est aussi désemparé que nous tous.

Fie-toi à ton instinct. Tu as toujours été un chic type, et je ne doute pas que tu feras les bons choix dans la vie.

Je t'aime,
Papa

Hunt leva la tête, pleurant pour de vrai cette fois.
– Putain.
Abby le serra très fort dans ses bras.
– Oh, Hunt. C'est une très belle lettre. Et Esther a bien choisi le moment pour te la donner.
Hunt s'essuya les yeux, et Abby lui embrassa la joue.

– Du coup, je me demande si mes frères ont reçu une lettre aussi. Tu sais, après s'être mariés ou mis en couple.

– Je ne sais pas. Tu devrais leur poser la question.

Hunt opina et respira plusieurs fois à fond.

Il regarda Abby et sourit.

– Je suis le mec le plus chanceux du monde. J'ai un fils, une petite fille qui va naître, et la femme la plus incroyable dont on puisse rêver.

Abby jubila, puis son sourire disparut.

– Sauf que je suis énorme.

– Énorme d'une jolie petite fille qui pousse en toi. Et je vais te montrer ce soir à quel point je te trouve sexy.

Abby rougit comme une tomate.

– Tu réalises que mes hormones crient famine ce trimestre. J'espère qu'on va vite rentrer chez nous.

– Pas besoin de me le dire deux fois.

Hunt imagina la porter à travers la foule, puis il se ravisa. Il ne voulait pas risquer que sa femme soit bousculée, dans son état. Il se contenta de la tenir fermement contre lui, et d'aller saluer les invités.

Une éternité plus tard, ils rentrèrent enfin chez eux, Noah passant la nuit chez sa cousine Harlow. Hunt et Abby ne partaient en voyage que le lendemain ; ils pouvaient donc profiter de leur nuit de noces.

Ils s'assirent en tailleur sur le tapis dans leur chambre, et Hunt leva sa coupe de champagne.

– Je t'aime, Abby Cade. Merci de me donner la plus belle famille que je pouvais espérer. Une famille que je ne pensais pas avoir un jour, mais dont j'ai toujours rêvé.

Abby, les yeux embués, leva son verre de cidre pétillant.

– Merci de nous avoir défendus, Noah et moi. De nous aimer. Et de *m'aimer*.

Elle lui fit un clin d'œil.

Hunt haussa les sourcils. C'était une invitation, s'il avait bien compris.

Abby se pencha pour l'embrasser, et il profita de son équilibre précaire pour la faire basculer doucement sur le sol.

Elle éclata de rire.

– Tu es vil.

– Ne l'oublie jamais.

Ils ne se couchèrent dans leur lit que bien plus tard.

———

CHERS LECTRICES ET LECTEURS,

J'ESPÈRE que vous avez aimé le dernier tome de la série Les frères Cade, ***LA RÉFORME DE HUNT*** !

Avez-vous lu la Série Jamais avec lui ? Ce sont les cinq livres qui précèdent Les frères Cade, et qui mettent en scène des personnages comme Jaeger et Cali, et Lewis et Gen que vous avez croisés dans *La Réforme de Hunt*. N'hésitez pas à les consulter ici : ***JAMAIS AVEC UN AMI DE TON FRÈRE***. Comme tous mes romans, chaque tome peut se lire indépendamment des autres livres de la série.

BISES,
Jules

JAMAIS AVEC UN AMI DE TON FRÈRE

Mon plan était parfait. Ma copine avait besoin d'un mec, et le meilleur ami de mon frère était célibataire. Problème résolu.

Jusqu'à ce que je revoie Jaeger pour la première fois depuis des années et que les étincelles fusent dans la mauvaise direction.

Jaeger a grandi et s'est étoffé. Mais quelle importance puisque je file le parfait amour ?

Seulement, mes projets ont du plomb dans l'aile, et je me surprends à fantasmer sur les abdos fermes, les épaules larges et les yeux verts fascinants de Jaeger.

Je devrais me retenir au cas où ma copine serait intéressée. Ou pour mille autres raisons. **Mais si Jaeger ne veut pas respecter les règles du jeu, je ne pense pas pouvoir le faire non plus.**

« Addictif et merveilleusement rafraîchissant. » ~
Rumplet Sheets Blog

« Des personnages réalistes et une écriture brillante. » ~
Lauren Layne, auteur best-seller *USA Today*

**Achetez *JAMAIS AVEC UN AMI DE TON FRÈRE*
dès maintenant !**

Remerciements

Tous les auteurs vous diront que finir une série laisse un goût doux-amer. Ils vont me manquer, ces frères Cade. J'ai aimé voir leur affection mutuelle se révéler au cours de chacune des histoires. Et, bien sûr, les voir tomber amoureux de ces femmes qui les ont fait rire, aimer et trouver un foyer.

La lettre du père à la fin de chaque roman est apparue dans le tome un, *La Tentation de Levi*, et une fois qu'elle était là, j'ai su qu'elle s'imposait dans toutes les histoires. D'une certaine façon, la lettre de leur père était la conclusion dont les frères avaient besoin pour commencer une nouvelle vie avec la femme qu'ils aimaient et aussi montrer une facette de leur père qu'ils n'avaient jamais vue de son vivant. Parce que parfois, les hommes ne montrent pas leurs sentiments. Étonnant, non ?!

En tant qu'écrivain, je reste dans ma voie, car je sais où est mon talent, aussi je tiens à adresser un grand merci aux personnes qui suivent d'autres voies où je n'ai aucun talent et qui s'occupent de moi. Gel de Tempting Illustrations, qui réalise de magnifiques illustrations, Amelia Wilde pour son travail sur les couvertures, mes éditeurs Arran, Martha et Chris, ainsi que Susannah Jones et Zachary Webber, les narrateurs des livres audio de la série des frères Cade qui ont donné leur voix aux personnages.

J'ai la chance immense de pouvoir écrire des histoires pour gagner ma vie, et tout cela grâce aux lecteurs. Je vous remercie de vous embarquer dans l'aventure avec moi chaque fois que vous ouvrez un de mes romans.

Également de Jules Barnard

Auteure à succès de USA TODAY

Série Les frères Cade

La Tentation de Levi (tome 1)

Le Défi de Wes (tome 2)

La Séduction de Bran (tome 3)

La Réforme de Hunt (tome 4)

Série Jamais avec lui

Jamais avec un ami de ton frère (tome 1)

Jamais avec un dragueur (tome 2)

Jamais avec ton ex (tome 3)

Jamais avec ton meilleur ami (tome 4)

Jamais avec ton ennemi (tome 5)

À propos de l'auteure

Jules Barnard est une auteure à succès de USA Today dans les genres romance contemporaine et fantaisie romantique. Ses récits contemporains comprennent les séries Jamais avec lui et les Frères Cade. Elle écrit de la fantaisie romantique sous son nom de plume dans la collection Halven Rising que le Library Journal qualifie de « … nouvelle aventure fantastique passionnante. » Qu'elle écrive sur les hommes séduisants du lac Tahoe ou sur le monde féérique d'un campus universitaire, Jules nous délecte d'histoires captivantes, pleines d'amour et d'humour.

Quand Jules n'est pas en jogging en train d'écrire en se récompensant par des chocolats, elle passe du temps avec son mari et ses deux enfants dans leur petite ville natale sur la côte Pacifique. Elle a le super pouvoir d'être capable de lire en cavalant sur un tapis de course ou en brûlant le dîner.

Pour avoir accès à des l'actualité des parutions et des offres spéciales, inscrivez-vous à la newsletter de Jules:

julesbarnard.com/francais